Jana Badstübner

WENN'S MAL WIEDER LÄNGER DAUERT

Roman

AF198089

Jana Badstübner, Jahrgang 1980, liest und schreibt in jeder freien Minute. Mit ihrem Mann und den fünf Kindern lebt sie in Reichenbach im sächsischen Vogtland.

Jana Badstübner

WENN'S MAL WIEDER LÄNGER DAUERT

Roman

Vier Jahre zuvor

Im dämmrigen Licht des verregneten Novembertages waren einige Gestalten auf dem Friedhof versammelt. Ganz vorn am Grab stand eine dick ummantelte Person, die sich nur schwerfällig bewegte, als bereite ihr jede Bewegung große Schmerzen. Obwohl sie nicht weinte, sah man ihr deutlich an, dass sie zuvor unzählige Tränen vergossen haben musste. Links und rechts neben ihr standen zwei hochgewachsene, attraktive junge Männer, die sich bemühten, ihr Halt zu geben. Die junge Frau, die die Hände ihres Bruders und seines Freundes so stark umklammerte, war Marie. Niemals hätte sie sich träumen lassen, dass sie diesen Tag erleben würde. Von einem Moment auf den anderen war ihr ganzes Leben aus den Fugen geraten. Nichts war mehr so wie gestern und es würde niemals wieder so sein. Die Tränen hatten aufgehört zu fließen. Vermutlich waren einfach keine mehr da. In den vergangenen Tagen hatte sie ununterbrochen geweint. Sie war unfähig gewesen, klar zu denken oder die alltäglichsten Dinge zu tun. Immer wieder wurde sie von Schreikrämpfen gepackt, wähnte sich in einem überaus realistischen Alptraum und sehnte sich den erlösenden Moment des Aufwachens herbei. Dann würde sie die Augen öffnen, den Sonnenschein und die ersten Eisblumen sehen und sich vertrauensvoll an Carlos kuscheln, der es immer verstanden hatte, ihr alle Sorgen und Ängste zu nehmen. Wenn sie nur bei ihm war, konnte nichts und niemand ihr etwas anhaben. Doch dann gewann ihr Verstand wieder die Oberhand. Ja, sie wusste, es gäbe kein Aufwachen. Das hier, das war jetzt ihre Realität. Ihr Mann war fort. Sie könnte sich niemals wieder von ihm trösten oder umarmen lassen. Sie war allein. Die Gedanken an den Abend, der alles veränderte, holten sie ein. Während ihre kleine Tochter Lily bereits selig im Bett schlief, hatte Marie mit ihrem Bruder Lukas sowie Ben, dessen bestem Freund aus Kindertagen, in ihrer Küche gesessen. Sie hatten gemeinsam gegessen und das ein oder andere Bier getrunken. Nein, das stimmte nicht. Marie hatte sich an Wasser gehalten, denn seit acht Monaten war jegliche Art von Alkohol tabu für sie. Sie konnte es gar nicht erwarten, ihr zweites Baby endlich in den Armen halten zu können. Der unübersehbar runde Bauch war nun – knapp 5 Wochen vor dem errechneten Geburtstermin – schon manchmal eine Herausforderung. Doch sie liebte es, die kleinen Hände und Füße zu spüren. Carlos – ihr Mann – war die Woche über auf einer Messe gewesen, wollte aber noch heute zurückkommen, um auf keinen Fall die Geburt zu verpassen. Sie hatten vorhin noch telefoniert und er hatte Lily eine gute Nacht gewünscht. Wie sehr sie diesen sanften Mann mit den braunen Augen liebte. Ganz behutsam und zärtlich hatte er ihr Herz gestohlen und hütete es noch immer wie seinen größten Schatz. Bald wäre er hier. Lukas freute sich ebenfalls darauf, seinen Schwager zu sehen. Die beiden hatten sich von Anfang an verstanden und gingen locker miteinander um, fast wie Brüder. Einzig Bens Meinung zu ihrem Mann konnte Marie nicht einschätzen. Er begegnete Carlos freundlich, aber keineswegs so herzlich wie seinem Kumpel Lukas. Aber vielleicht lag das auch einfach daran, dass die beiden schon immer beste Freunde gewesen waren. Sie wusste es nicht. Nun jedoch saß sie mit ihnen in ihrer gemütlichen Küche und genoss die Gemeinschaft ebenso sehr wie die Vorfreude. Lachen und Plaudern füllte den Raum. Das machte ein Zuhause aus, dachte Marie. Menschen, die einen mögen, um sich zu haben und über alles sprechen zu können, was einen bewegt. Als es klingelte, sprang sie auf, so gut das in ihrem Zustand möglich war. Fröhlich eilte sie zur Wohnungstür in der Erwartung nun endlich ihren Mann in die Arme schließen zu können. Doch der stand gar nicht vor der Tür. Aus einem unerfindlichen Grund spürte Marie auf Anhieb, dass irgendetwas nicht in Ordnung war.

„Frau Wagner?" fragte der Polizist, der ihr gegenüber stand. Marie musste sich am Rahmen festhalten, weil ihr mit einem Mal ganz schwindlig war. Die Welt verschwand in einem schwarzen Nebel und sie spürte nur noch, dass zwei starke Arme sie auffingen. Als sie eine Weile später wieder zu sich kam, lag sie auf der Couch. Lukas streichelte ihre Wange und sprach beruhigend auf sie ein. Ben tigerte hinter der Couch auf und ab, seine Kiefermuskeln mahlten aufeinander. Verwirrt richtete sie sich auf.

„Was ist passiert?" wollte sie wissen. Lukas schluckte. Er reichte ihr ein Glas Wasser bevor er ihr wieder in die Augen schauen konnte. Seine waren so seltsam rot. Was war hier bloß los? Als ihr Bruder ihr jedoch bedeutete, in die andere Richtung zu schauen, erblickte sie die beiden Polizisten. Da wurde ihr einiges klar. Sie begann zu zittern, so dass das Wasser aus dem Glas schwappte. Das konnte doch nur eines bedeuten, oder? Carlos war verletzt. Bestimmt hatte es einen Unfall gegeben und die beiden waren gekommen, um ihr davon zu berichten. Aber warum war Lukas dann noch hier und nicht im Krankenhaus? Warum sagte ihr niemand, was denn nun los war? Sie setzte sich aufrecht hin und blickte auffordernd in die Runde. Nur zögernd begann der Polizist.

„Frau Wagner, wir sind hier, um sie darüber zu informieren, dass ihr Mann einen Unfall hatte." sagte er dann. Gespenstische Stille erfüllte den Raum. Marie's Herz setzte einen Schlag aus.

„Wo ist er?" flüsterte sie. Unsicher blickte der Mann seinen Kollegen an. Lukas' Arm berührte ihren. Ben schluckte hörbar.

„Wir müssen ihnen leider mitteilen, dass ihr Mann verstorben ist." So, das waren sie gewesen, die wenigen Worte, die die Welt aus den Fugen brachten. Seltsamerweise musste Marie lachen. Das war unglaublich, undenkbar. Nein, es konnte sich nicht um Carlos handeln. Wie in einem Traum hörte sie Wortfetzen, konnte sie aber nicht einordnen: ... Blitzeis... Überholmanöver... abgedrängt... Baum...

Das ergab doch alles keinen Sinn. Sicher würde Carlos gleich die Tür öffnen und die beiden Beamten müssten erkennen, dass sie sich geirrt hatten. Sie hatten doch vorhin erst miteinander gesprochen. So schnell starb man nicht. Er konnte sie doch nicht allein lassen. Der Schock traf sie unerwartet. Unfähig zu sprechen oder auch nur zu reagieren, blickte sie ihren Bruder an. Die Trauer, der Schmerz, den sie in seinen Augen sah, ließen bei ihr alle Dämme brechen. Haltlos schluchzte sie. Er hielt sie einfach fest. Irgendwann hatten die Polizisten die Wohnung verlassen, aber nicht bevor sie darauf hingewiesen hatten, Marie solle jetzt lieber nicht allein bleiben. Hier verschwamm Marie's Erinnerung in einem ähnlichen Nebel, der den Tag der Beerdigung einhüllte. Sie konnte sich nicht erinnern, ins Bett gegangen zu sein. War Lily aufgewacht? Wer hatte sie umsorgt? Sie wusste nicht einmal, ob sie selbst auch nur ein weiteres Wort gesprochen hatte. All die bürokratischen Abläufe hatte sie nur mit Hilfe ihres Bruders bewältigen können. Er hatte dafür gesorgt, dass sie keine Minute allein in der Wohnung war. Wenn er nicht konnte, erschien wie von Zauberhand Ben und Marie ließ sich treiben in der Gewissheit, dass diese beiden ihre Sicherheit waren, ihr einziger Halt im Strudel ihres größten Alptraums. Lily, die süße kleine Lily, sie war das Licht der dunklen Tage. Die Ereignisse verwirrten sie und sie fragte nach ihrem Papa. Aber immer wieder sang und spielte sie selbstvergessen, so wie Kleinkinder von zwei Jahren das nun einmal tun. Sie kuschelte sich an Marie und wärmte ihr Herz mit einer bedingungslosen Liebe, die Marie ermutigte weiterzumachen und sie mit Hoffnung füllte.

***

Wer hätte gedacht, dass der Tod eines Menschen so viel Arbeit bedeuten würde? Mit einem Anwalt an ihrer Seite war sich Marie jedoch sicher, dass nichts übersehen werden würde. Lukas, der eben seine erste feste Stelle nach Abschluss des Jurastudiums angetreten hatte, kümmerte sich gewissenhaft darum, alle Fristen und Abläufe einzuhalten, um sicherzustellen, dass nichts vergessen wurde. Die Tage gingen ineinander über und es kostete Marie alle Kraft, einfach weiterzuleben. Sie hatte das Gefühl, ihr wäre ihr Herz herausgerissen worden. Einzuatmen, aufzustehen, alles ganz normale Dinge, über die sie nie nachgedacht hatte, waren zu unüberwindlichen Hindernissen geworden.

***

Die Beerdigung zu planen, war das Schwierigste gewesen. Sie hatten nie darüber gesprochen wie sie sich das vorstellten. Himmel, sie waren doch noch so jung, das hatte doch Zeit, oder? Sie beide glaubten an die Ewigkeit und waren sich sicher, dass sie sich nach ihrem Tod im Himmel sehen würden. Aber die Menschen starben nicht mit 30 Jahren. Sie wurden etwa 80 Jahre alt, Zeit genug also für die Planung. Doch nun saß Marie hier mit ihren gerade einmal 26 Jahren und organisierte die Beerdigung für ihren Mann, der gerade einmal 31 geworden war. Am schlimmsten waren die nett gemeinten Ratschläge der Menschen um sie herum. „Du bist noch jung. Du wirst dich wieder verlieben." Oder auch: „Es tut mir ja so leid. Du musst jetzt für deine Tochter stark sein." Wollten die Menschen damit tatsächlich Trost spenden? Hörten sie nicht, wie falsch das alles klang? Sie wollte sich nicht verlieben, sie wollte nicht stark sein. Sie wollte ihren Mann zurückhaben. Doch der gemeinste Spruch war eindeutig der gewesen, der sie daran erinnerte was für ein großes Glück es doch war, dass das ungeborene Baby eine lebendige Erinnerung an Carlos sein würde. Für sie bedeutete es, dass Lily ohne Vater aufwachsen musste. Wie sollte sie ihr nur erklären, dass er niemals heimkommen würde? Und das Baby würde seinen Vater niemals kennenlernen. Konnte das tatsächlich Glück sein?

***

Jetzt stand sie hier am offenen Grab. Der liebevoll bemalte Holzsarg war in die Erde hinabgelassen worden. Damit war es offiziell. Das gemeinsame Ehe- und Familienleben war ein für alle Mal vorbei. Schwer auf ihren Bruder gestützt, wankte sie schließlich zurück zum Auto. Lily klammerte sich an Ben's Hals, der sie mit seinen starken Armen sicher festhielt.

***

Müde und ausgelaugt kamen sie schließlich in ihrer Wohnung an. Lukas hatte Lily inzwischen in das Kinderzimmer gebracht, um dort mit ihr zu spielen. Marie hoffte auf ein wenig Ruhe und Frieden. Bevor sie sich jedoch auf dem Sofa niederlassen konnte, krümmte sie sich plötzlich. Ein stechender Schmerz fuhr ihr in den Rücken. Ben griff nach ihr.

„Marie, was ist los?" Als der Schmerz nachließ, richtete sie sich wieder auf, um tief durchzuatmen.

„Puh, ich glaube, das war eine Übungswehe."

„Sollten wir ins Krankenhaus fahren, um zu sehen, ob es dem Baby gutgeht?" Ein klitzekleines Lächeln umspielte Marie's Lippen als sie sich von Ben zu einem Stuhl führen ließ.

„Nein, es ist alles gut, wirklich. Ich muss mich nur kurz ausruhen." Zweifelnd blickte er sie an.

„Bist du dir sicher?" Sie nickte. Nach einem kurzen Zögern ging Ben in die Küche, um eine Tasse Tee für Marie zu holen. Eine Weile lang saßen sie einander schweigend gegenüber. Es gab einfach keine Worte, die auszudrücken vermochten, was jeden Verstand überstieg.

***

Nach einem kleinen Imbiss brachte Marie Lily ins Bett und genoss für einen Moment den Glücksmoment in Verbindung mit dem süßen Kleinkindduft. Als sie wieder ins Wohnzimmer kam, war Lukas kurz gegangen, um den Kühlschrank für die nächsten Tage aufzufüllen.

Ben blickte sie freundlich, aber auch fragend an. „Wie geht es dir? Wie kann ich dir helfen?" Sie ließ sich auf dem Stuhl ihm gegenüber nieder.

„Du hast mir schon genug geholfen. Ich glaube, ihr beiden habt seit Wochen kein eigenes Privatleben mehr. Vielleicht solltest du dich jetzt langsam wieder um dein Leben kümmern? Was macht die Arbeit eigentlich?"

Er legte seine Hand auf ihre. „Hör zu, es ist in Ordnung, wir sind Freunde und Freunde helfen sich nun mal. Ich komme gut zurecht. Ich kann vieles zu Hause machen und die wichtigsten Kundentermine habe ich so gelegt, dass Lukas in der Zwischenzeit bei euch sein kann. Es ist wirklich kein Problem." Er versuchte, das Kribbeln zu ignorieren, dass sich dort ausbreitete, wo er Marie's Haut berührte. Sie war so wunderschön. Er bewunderte sie für ihre Stärke. Sie durchlebte das Schlimmste, was einer Frau ihres Alters und ihrer Situation passieren konnte, aber immer noch sorgte sie sich um ihre Tochter und um ihn. Er wünschte wirklich, er könnte sein Herz nach all den Jahren endlich jemand anderem schenken. Aber er konnte sie einfach nicht vergessen. Sie waren nie zuvor ein Paar gewesen und sie ahnte nicht einmal den Hauch seiner Gefühle für sie, aber er liebte sie. Vertrauensvoll blickte sie ihm in die Augen.

„Danke, es gibt keine Worte, die beschreiben wie viel mir all das bedeutet, was ihr für mich getan habt. Ich weiß nicht, wie es weitergehen soll, aber ich weiß, dass ich nur mit eurer Hilfe jetzt hier sitzen kann."

***

Kurz darauf betrat Lukas das Wohnzimmer mit einer Einkaufstüte im Arm. Galant stellte er eine kleine Schachtel vor Marie ab.

„Das sollte dir guttun."

Neugierig öffnete Marie sie. Darin befanden sich verschiedene schokolierte Früchte, die die drei sich gemeinsam schmecken ließen. Schließlich erhob sich Marie schwerfällig, um ins Bett zu gehen. Sie war so müde. Ben und Lukas tranken in männlicher Einigkeit schweigend ein Bier. Als ein Platschen aus dem Flur erklang, blickten sie sich irritiert an bevor sie aufstanden, um nachzusehen, was das gewesen war. Vor der Badezimmertür stand Marie, die unsicher auf den Boden blickte. Dort hatte sich eine Pfütze gebildet. Lukas erreichte sie als Erster.

„Ist es das, was ich denke?"

Marie griff nach seiner Hand. „Die Fruchtblase ist geplatzt. Aber, es ist doch noch zu früh...das kann nicht sein...Ich habe keine Tasche gepackt. Ich bin noch nicht so weit."

Ihr Bruder lächelte. „Nun, das sieht mir jedoch sehr echt aus. Und es scheint, als wäre das Baby mehr als bereit. Komm, wir rufen deinen Arzt an. Er soll entscheiden, was jetzt zu tun ist." Ben kehrte eben mit Lappen und Eimer zurück, die er dem Putzschrank entnommen hatte. Routiniert und gelassen wischte er den Boden trocken. Das Telefonat mit dem Gynäkologen ergab die strikte Anweisung, sofort in die Klinik zu fahren. Da der Geburtstermin erst in drei Wochen war, wollte der Arzt auf Nummer sicher gehen. Marie ließ sich auf der Couch nieder, während Ben und Lukas das Nötigste zusammenpackten, was für eine Geburt erforderlich war. Gerade als sie aufbrechen wollten, fing Lily an zu weinen. Sie wollte sich nicht beruhigen lassen. Lukas nahm sie auf den Arm und bestimmte kurzerhand, dass Ben Marie ins Krankenhaus bringen sollte. Er würde so lange bei Lily bleiben. Sobald sie wieder sicher schlief, wollten sie tauschen. Ben würde zu ihr fahren und Lukas Marie unterstützen so weit ihm das möglich war.

Marie hoffte so sehr, dass sie nach den Anstrengungen der letzten Zeit ausreichend Kraft für eine Geburt haben würde. Ob es dem Baby gut ging? Sie spürte Ben's Anspannung als sie im Auto neben ihm saß. Seine Finger umklammerten das Lenkrad.

„Es wird gut gehen. So eine Geburt ist ein Wunder, aber ich weiß, dass ich nicht allein verantwortlich bin. Ich weiß, du hältst nicht viel davon, aber ich glaube, dass Gott bei mir ist." Ein Schlag auf das Lenkrad erschreckte sie.

„Himmel, Marie, wie naiv bist du eigentlich? Du hast eben deinen Mann verloren. Du wirst jetzt allein ein Kind bekommen und zwei Kinder ohne Vater großziehen müssen. Wie kannst du jetzt sagen, dass Gott bei dir ist. Ich finde, er hat dich einfach nur hängen lassen." Ein Stöhnen entfuhr ihr. „Mann, es tut mir leid. Ich wollte nicht so laut werden." Nach ein paar tiefen Atemzügen konnte Marie wieder antworten.

„Ben, das war nur eine Wehe." Sie lächelte. „Danke für die offenen Worte. Ich habe keine Erklärung für all das, Ben. Aber ich bin sicher, dass es am Ende einen guten Grund dafür gibt. Ich werde irgendwann verstehen, warum ich diesen ganzen Mist erleben musste. Und bis es so weit ist, vertraue ich darauf, dass der Gott, der mich mein Leben lang beschützt hat, auch jetzt alles in seinen Händen hält. Er hat mich nicht verlassen. Das glaube ich. Das hält mich am Leben." Bevor die nächste Wehe von ihr

Besitz ergriff, fuhr Ben vor der Klinik vor. Er begleitete sie in die Notaufnahme, wo der Gynäkologe
bereits alles für ihre Ankunft vorbereitet hatte.
Schnell wurde Marie in den Kreißsaal gebracht, wo
man sie für einige Untersuchungen an verschiedene
Geräte anschloss. Ben hatte keine Zeit gehabt zu erklären, dass er nicht der Vater war, da fand er sich
schon an ihrer Seite im Kreißsaal wieder. Es war be-
ängstigend für ihn. Er wollte mit all dem nichts zu
tun haben. Marie hielt die ganze Zeit seine Hand
und es fühlte sich so gut an, von ihr gebraucht zu
werden. Also blieb er bei ihr. Nach einer gefühlt
endlosen Zeit brachte man Lukas in den Raum. Er-
leichtert fuhr Ben wieder in Marie's Wohnung. Die
ganze Aufregung war einfach zu viel für ihn.

***

Am nächsten Morgen wurde Ben von einem
feuchten Kinderhändchen geweckt, das beharrlich
über sein Gesicht streichelte. Er benötigte einen Moment, um zu realisieren, wo er war. Lily saß auf
dem Boden neben der Couch, wo er sein provisori-
sches Nachtlager aufgeschlagen hatte. Fragend
blickte sie ihn an.

„Na, Süße, hast du gut geschlafen?" fragte er.

„Mama?" war Lilys Reaktion.

„Oh, weißt du, da ist gestern etwas ganz Tolles
passiert. Gestern Abend hat sich euer Baby auf den

Weg gemacht. Deine Mama ist jetzt im Krankenhaus und vielleicht ist es schon auf der Welt. Sollen wir sie nachher mal besuchen?" Mit großen Augen blickte das kleine Mädchen ihn an. Sein Herz schmolz bei diesem Anblick. Sie war so süß und erinnerte ihn schon jetzt an ihre Mama. Diese kleine Prinzessin war so tapfer und würde reihenweise Männerherzen brechen, wenn sie etwas größer war. Er nahm sie auf den Arm und trug sie in die Küche. Gemeinsam deckten sie den Tisch und aßen ein Schokoladenbrot. Lily bestand auf einer zusätzlichen Tasse Kakao. Ben war sich nicht sicher, ob das Marie's Vorstellungen eines gesunden Frühstücks entsprach, aber das selige Lächeln im Gesicht des Kindes war ihm eine Diskussion mit der Mutter wert. Nachdem sie sich auch noch bei der Kleiderwahl durchgesetzt hatte und nun eine interessante Kombination aus kuscheligem Fleecepullover in neongrün, einer quietschgelben sommerlichen Sommerhose und einem lilafarbenen Jeansrock trug, machten sie sich auf den Weg zur Klinik.

***

Dort angekommen, trafen sie bereits im Flur der Geburtsabteilung auf Lukas, der ein unbeschreiblich breites Grinsen im Gesicht trug. Strahlend vor Freude kam er auf seinen Bruder und seine Nichte zu.

„Es ist unglaublich. Einfach unglaublich." Lily jauchzte als ihr Onkel sie auf den Arm nahm und durch die Luft wirbelte.

„BABY?" hakte sie nach.

„Ja, das Baby ist da. Du, meine Schöne bist jetzt eine große Schwester. Sollen wir deine Mama mal besuchen gehen?"

„Wie geht es Marie?" fragte Ben. Lukas nickte ihm beruhigend zu, während sie zu Marie's Zimmer gingen.

***

Leise betraten sie den kleinen Raum. Lily quietschte begeistert auf als sie ihre Mutter erblickte und strampelte, um von Lukas' Armen gelassen zu werden. Nachdem ihr das gelungen war, versuchte sie zu ihr ins Bett zu krabbeln. Marie beugte sich vor, um ihre große Tochter endlich wieder in den Arm zu nehmen. Tränen tropften von ihren Wangen.

„Ich habe dich so vermisst, Lily."

„Mama, Bauch weg." bemerkte Lily. Alle lachten. Sie hatte recht. Die große runde Babykugel war weg. Das Bild, das Ben vor sich sah, nahm ihn gefangen. Marie wirkte erschöpft, müde, aber zutiefst glücklich wie sie ihr Mädchen da in den Armen hielt. Kurz darauf beugten sich die Beiden gemeinsam über ein winziges Bettchen neben Marie, das Ben noch gar nicht aufgefallen war. Ein kleines Schniefen ertönte. Lily quietschte begeistert auf und bestand darauf, dass das Baby mit ins Bett sollte. Lachend hob Marie ein winziges Bündel heraus. Die Liebe, die dabei aus ihren Augen sprach, war einfach überwältigend. Trotz allen Leids, das sie erfahren hatte, liebte sie das Baby bedingungslos, ebenso bedingungslos wie Lily. Was für eine Frau sie doch war. Heimlich rann eine Träne über Bens Gesicht. Natürlich ertappte Lukas ihn dabei und prompt zog er ihn auf.

„Oh schau mal, wer da so richtig rührselig ist, Lily." Nun hatte Ben auch Marie's Aufmerksamkeit. Ihre Wangen färbten sich rosa.

„Hey, danke für alles. Ihr hattet alle eine ziemlich unruhige Nacht wegen mir. Tut mir leid."

„Pipi." schrie Lily. Routiniert schnappte Lukas sich seine Nichte, um eine Toilette aufzusuchen. Dadurch war Ben mit Marie allein im Zimmer. Ihr Lächeln traf ihn mitten ins Herz. Vorsichtig ging er auf sie zu.

„Hallo, wie geht es dir? Konntest du ein bisschen schlafen nach der Aufregung?"

„Ja, ich konnte ein wenig schlafen. Nachdem Lukas hier war, ging alles ganz schnell. Ich nehme an, die junge Dame hier konnte es einfach nicht erwarten, der Welt ihren Stempel zu verpassen." Ben stutzte:

„Die junge Dame? Es ist ein Mädchen?" Marie lachte:

„Ja, ein kleines, aber stimmgewaltiges Mädchen. Sie hat eine beeindruckende Stimme und weiß vermutlich genau, was sie will." Das kleine Bündel zappelte als wollte es dieser Aussage zustimmen. „Komm her, willst du mal sehen?" Nur zögernd näherte sich Ben, doch als Marie auffordernd neben sich klopfte und ihm dann ihre Hand hinstreckte, konnte er nicht länger widerstehen. Er setzte sich vorsichtig auf den Bettrand dicht neben sie. Ihr Duft vernebelte ihm schon wieder die Sinne. Sanft kuschelte sie sich an ihn und gestattete ihm dadurch einen Blick auf den kleinen kahlen Kopf in ihren Armen. Sie hielt ihm ihre kleine Tochter auffordernd hin. Als er den weichen Körper in Händen hielt, öffnete das Baby die Augen. Mit strahlend blauen Augen blickte es ihn direkt an. Ben wusste, er war verloren. Das hier war noch eine Miniaturausgabe von Marie. Auch sie würde ihn ständig an die Frau erinnern, die er so sehr liebte und die doch nichts davon wissen durfte. Doch er wusste auch, dass er die ganze Welt in Bewegung setzen würde, um den Mädchen eine fröhliche und unbeschwerte Kindheit zu ermöglichen. Er räusperte sich, um den Kloß in seinem Hals loszuwerden.

„Wie heißt sie denn eigentlich?"

Betreten blickte Marie auf ihre Finger. „Also, das ist eine gute Frage…"

„Wie meinst du das denn?"

Marie zögerte. „Naja, Carlos war sich sicher, dass es ein Junge sein würde und deshalb haben wir einen Jungennamen ausgesucht. Ich weiß, er würde diese kleine Prinzessin von Herzen lieben, aber wir haben uns keinen Mädchennamen überlegt. Und jetzt, naja… ich weiß nicht. Das ist so endgültig, weißt du? Er wird sie nicht nur nicht kennenlernen, sondern auch keinen Namen aussuchen." Tränen rannen ihre Wangen hinunter.

Mist, er hatte sie doch nicht zum Weinen bringen wollen. „Marie, es tut mir leid. Ich wollte doch nicht…". Resolut wischte sie sich durchs Gesicht.

„Nein, es ist in Ordnung. Ich werde wohl noch eine ganze Weile lang brauchen, um es wirklich zu begreifen."

„Ich bin mir sicher, dass deine Tochter eine ebenso starke und beeindruckende Frau werden wird wie du es bist.", sagte Ben. Gedankenverloren hatte Marie nach dem Handy auf dem Nachttisch gegriffen, das eben gesummt hatte. Es war eine Nachricht von Lukas. Lily hatte ihn überzeugt, dass es dringend Zeit für eine Kugel Eis war. Er schrieb, sie kämen bald wieder und Marie solle sich keine Sorgen machen. Bei Ben's Worten blickte sie überrascht auf.

„Das ist es!", rief sie aus.

Er zuckte zusammen. „Was denn?"

Voller Begeisterung rückte Marie sich die Kissen im Rücken zurecht. „Du hast mich auf eine gute Idee gebracht. Du hast gesagt, sie würde eine starke Frau werden und da habe ich mich an eine besondere Frau erinnert. Kannst du dich noch an die endlos langen Sommertage erinnern, die wir als Kinder miteinander verbracht haben? Kirschkuchen, im See schwimmen und abends Geschichten am Lagerfeuer lesen?" Ben lachte. Und wie er sich daran erinnern konnte. „Ich habe mich nach dem Tod meiner Eltern nie wieder so geborgen gefühlt wie in den Wochen bei deiner Großmutter. Sie umsorgte uns, verwöhnte uns und war einfach wunderbar. Deshalb dachte ich, ich könnte mein Baby Lotta nennen. Wäre dir das recht?" Mühsam schluckte Ben. Er konnte doch unmöglich schon wieder anfangen zu weinen. Seine Nonna war tatsächlich eine tolle Frau gewesen. Am liebsten hätte sie Lukas und Marie damals adoptiert und die Beziehung zwischen ihr und Marie war immer sehr innig gewesen. Leider war Nonna vor einigen Jahren gestorben.

„Das, das... wäre wunderbar. Ich bin mir sicher, Lotta ist der passende Name für die junge Dame hier." Er wandte sich dem Baby zu, das immer noch

in seinen Armen lag. „Hallo Lotta, herzlich will-
kommen hier auf der Welt." Ihre großen Augen
blickten ihn an als wollten sie sagen: „Na, endlich.
So schwer kann das mit dem Namen doch gar nicht
sein."

Heute

Dem Türklingeln folgte ein begeisterter Aufschrei von Lotta, die laut jubelnd in den Flur stürmte. Marie konnte gerade noch die Tür öffnen und den Weg frei machen, als sie ihrem Onkel in die ausgebreiteten Arme sprang.

„Na, ihr Süßen, seid ihr bereit? Können wir los?" fragte er freudestrahlend. Lily kam und ließ sich von Maries Bruder hochheben.

„Onkel Lukas, gehst du wirklich mit uns schwimmen?" fragte sie.

„Natürlich, das hatte ich euch doch versprochen! Seid ihr fertig?" Er gab Lily einen Kuss und begrüßte dann auch Marie.

„Hallo Bruderherz, ich komme sofort." Lukas nahm die beiden Mädchen schon mit zum Auto. Marie schaute sich noch einmal in der Wohnung um.- Hatte sie alles? Fehlte noch etwas? Dann nahm sie ihren Schlüssel. Mit einem Seufzen wandte sie sich zur Tür um. Auch wenn es bereits vier Jahre her war, vermisste sie ihren Mann immer noch. Sie sagte sich, sie habe gute Trauerarbeit geleistet, aber trotzdem ertappte sie sich hin und wieder dabei, dass sie es einfach nicht glauben konnte. Gerade eben war so ein Moment gewesen. Mit einem Lächeln hatte sie sich von Carlos verabschieden und ihm einen schönen Tag wünschen wollen. Erst danach war ihr bewusst geworden, dass er nicht hier war, schon lange nicht mehr hier war. Seit vier Jahren war sie Witwe. Ein Autounfall hatte sein Leben abrupt beendet als er auf dem Weg von einem Geschäftstermin nach Hause war. Seine kleine Tochter war damals noch nicht einmal geboren und er hatte sie nie kennengelernt. Marie straffte den Rücken. Sie wollte jetzt nicht grübeln. Draußen warteten ihre wunderbaren Töchter und ihr Bruder auf sie. Gemeinsam wollten sie einen schönen gemeinsamen Tag verbringen. Sie schloss die Tür und lief auf die Straße. Als sie die Autotür öffnete, drang ihr das aufgekratzte Kichern der Kinder entgegen. Sofort hatte Marie wieder gute Laune. Sie stellte ihre Tasche in den Kofferraum und nahm auf dem Beifahrersitz Platz. Von hinten erklangen Juchhu-Rufe. Lily und Lotta wollten endlich zu ihrem langersehnten Ausflug aufbrechen. Lukas stieg ein und blickte Marie an.

„Alles in Ordnung, Kleine?"

„Ja." entgegnete sie hastig. Dann stammelte sie: „Es geht mir gut. Ich habe nur eben an Carlos gedacht." Lukas legte seinen Arm um sie. Lotta fragte stirnrunzelnd was los sei.

„Deine Mama ist traurig, Lotta."

„Aber ihr habt versprochen, dass wir schwimmen gehen." Lily's Stimme zitterte und ihre Unterlippe bebte. Marie wischte sich die Tränen vom Gesicht und wandte sich zu ihren Mädchen um. Jetzt wollte sie stark sein für ihre Töchter.

„Wir fahren auch schwimmen. Das lassen wir uns doch nicht entgehen, oder?" Die Mädchen jubelten. Lukas betrachtete sie nachdenklich.

„Bist du dir sicher?"

„Ganz sicher!" sagte Marie. „Und jetzt lass uns fahren."

***

Der Tag im Schwimmbad war unglaublich. Lukas und Marie tobten mit den Mädchen, die vor Begeisterung quietschten und lachten. Sie aßen gemeinsam Pommes mit ganz viel Ketchup und schlemmten genüsslich Eis. Marie genoss die Zeit von ganzem Herzen. Als die Mädchen immer müder wurden, packten sie die Badesachen ein und setzten sich ins Auto. Lily schlief fast sofort ein. Lotta blickte müde aus dem Fenster, weigerte sich jedoch einzuschlafen. Schließlich brach Lukas die Stille.

„Ich glaube, es wäre gut, wenn ihr heute bei mir schlaft." meinte er mit einem Schmunzeln in den Augen. Marie blickte zu ihm hinüber. Ihr großer Bruder war immer für sie da gewesen. Sie hätte sich keinen besseren wünschen können. Schon als sie noch klein waren, hatte er sich um sie gekümmert. Hatte ihre aufgeschrammten Knie gereinigt und verbunden, hatte sie vor den fiesen Mädchen der Schule beschützt. Sie hatte gehofft, dass damit irgendwann Schluss sein würde. Doch wie es aussah, brauchte sie immer noch einen Beschützer. Marie zögerte. Er wartete offensichtlich auf ihre Antwort. Schließlich nickte sie. Lukas hatte Recht, heute wollte sie bei ihm übernachten. Die beiden Mädchen würden sich freuen, mal wieder eine Nacht bei ihrem Lieblingsonkel verbringen zu dürfen. Wahrscheinlich kämen sie dort viel eher zur Ruhe als in ihren eigenen Betten. Außerdem konnte Marie dann noch mit Lukas reden. Das half ihr, die vielen Gedanken und Gefühle zu verarbeiten, die immer noch in ihr tobten. In den letzten Jahren waren die gemeinsamen Zeiten zu einer guten Gewohnheit geworden, von denen alle vier profitierten.

***

Als sie vor seinem Haus parkten, schlief auch Lotta. Lukas nahm sie auf den Arm und lief zur Tür. Marie hob Lily vorsichtig aus dem Sitz. Anschließend folgte sie ihrem Bruder. Gemeinsam legten sie die Mädchen sanft auf das große Bett in seinem Schlafzimmer. Lukas lud die Taschen aus dem Auto und kam zu Marie in die Küche. Wortlos öffnete er einen Schrank, um ihm zwei Gläser zu entnehmen. Im Kühlschrank fand er eine offene Flasche Wein und schenkte ihnen beiden ein. Marie hatte sich inzwischen auf einen Stuhl an der geräumigen Theke fallen lassen. Als er das Glas vor ihr abstellte, nahm sie es in die Hand, trank jedoch nicht sofort. Lange saßen die Geschwister gemütlich zusammen und plauderten. Erst spät in der Nacht ging auch Marie zu ihren Töchtern ins Schlafzimmer. Sie genoss die Zeit mit ihrem Bruder immer sehr. Hier konnte sie einfach nur sie selbst sein. Er war ihr Zuhause. Mit ihm teilte sie Lachen ebenso wie Weinen. Sie beide verband ein unsichtbares Band, das durch nichts getrennt werden konnte.

***

Früh am nächsten Morgen stand Lukas auf. Leise schloss er die Wohnzimmertür, damit Marie nicht aufwachte. Als der erste Kaffee des Tages in seiner Tasse vor sich hin dampfte, fühlte er sich lebendiger. Er gab Milch und Zucker dazu und setzte sich an den Tisch. Marie brauchte dringend mal eine Auszeit. Sie brauchte einen Ort, an dem sie in Ruhe nachdenken konnte wie ihr Leben weitergehen sollte. In der Wohnung zu leben, die sie mit Carlos geteilt hatte, rief immer wieder die Erinnerungen an ihn wach. Sie brauchte dringend einen Tapetenwechsel. Fest stand für Lukas nur, dass sie auf keinen Fall in ihrer Wohnung bleiben konnte. Doch was war mit den Mädchen? Sie hatten ihren Kindergarten hier, ihre Freunde. Würde ihnen ein Ortswechsel ebenfalls guttun? Lukas stöhnte. Müde rieb er sich über die Augen. Er glaubte der Bibel, die sagte: „Wir wissen aber, dass denen, die Gott lieben, alle Dinge zum Besten dienen, denen die nach seinem Ratschluss berufen sind." Er betete. Das war die einzige Möglichkeit, die ihm noch einfiel. Kaum hatte er „Amen" gesagt, öffnete sich die angrenzende Tür. Seine Nichte tapste herein. Sie sah aus wie ihre Mutter in dem Alter. Wuschelige Locken, verträumte Augen. Lily ging geradewegs auf Lukas zu. Er nahm sie auf seinen Schoß, wo sie sich vertrauensselig an ihn kuschelte und weiterdöste. Er atmete den vertrauten Kleine-Mädchen-Duft ein. Ein warmes Gefühl breitete sich in ihm aus. Er war glücklich. Er hielt diesen kleinen Menschen im Arm und spürte Glück in sich aufsteigen. Dass es den Mädchen gut ging, war alles, was zählte. Nicht lange danach erschien auch Lotta. Sie forderte ihren Guten-Morgen-Kuss ein und überzeugte Lukas, dass es dringend Zeit wäre zu frühstücken. Er schmunzelte. Dieses Mädchentrio könnte die ganze Welt auf den Kopf stellen mit seinem Charme und der scheinbar angeborenen Überzeugungskraft. Schließlich bereitete er mit seinen Nichten ein Schlemmerfrühstück vor. Sie deckten gemeinsam den Tisch und liefen zum Bäcker, um frische Brötchen zu holen. Als sie zurückkamen, schlief Marie noch. Deshalb aßen die drei allein. Anschließend richteten sie ein Tablett für Marie her und trugen es auf leisen Sohlen ins Schlafzimmer. Um sie nicht zu wecken, hinterließ Lukas noch einen Zettel, auf dem stand, er ginge mit Lily und Lotta ins Büro und wäre mittags wieder da. Marie solle es sich inzwischen bequem machen.

***

Marie erwachte um elf Uhr. Verschlafen rieb sie sich die Augen. Es dauerte einen Moment, bis ihr einfiel wo sie war. Gestern war sie mit Lukas und den Kindern schwimmen gewesen. Wohlig räkelte sie sich unter der Decke. Sie wollte nicht aufstehen. Wollte nie wieder aufstehen. Es war so gemütlich, noch im Bett liegen zu können, obwohl die Zeiger der Uhr fast Mittag anzeigten. Dann siegte aber schließlich doch ihr mütterlicher Instinkt. Marie beschloss nach den Kindern zu sehen. Nicht, dass sie irgendeinen Unsinn anstellten. Marie bemerkte das Tablett auf dem Nachttisch und lächelte. Ihr Bruder war einfach der Beste. Neben der Kanne mit Kaffee lag ein Zettel. Sie las ihn und stellte fest, dass sie komplett allein in der Wohnung war. Fast ein wenig enttäuscht, ließ sie sich wieder ins Bett sinken. Ihr Magen grummelte. Frühstück im Bett war ein seltener Luxus geworden, seit die beiden Wirbelwinde in ihr Leben getreten waren. Dennoch wollte sie keinen Moment mit ihren Mädchen missen. Sie waren ein riesiges Geschenk und Marie war unendlich dankbar für sie.

***

Nachdem sie satt war, räumte sie das Geschirr in die Küche und nahm eine lange, heiße Dusche. Sie griff zu Stift und Papier auf Lukas Schreibtisch und setzte sich an den Küchentisch. Ihr Redakteur hatte ihr in der letzten Woche berichtet, dass die Zeitung verkauft werden sollte. Damit stünde auch ihr wöchentlicher Beitrag wieder neu zur Verhandlung. Er deutete an, dass es besser wäre, wenn sie sich bereits jetzt anderswo umsah. Also wollte sie die Zeit nutzen, um Pläne zu schmieden. Mit einem Germanistikstudium standen die Jobchancen hier in der Gegend nicht so gut. Noch dazu war sie als alleinerziehende Mutter zeitlich nicht annähernd so flexibel wie manche Branchenkollegen. Doch auf keinen Fall wollte sie die kostbare Zeit mit Lily und Lotta aufs Spiel setzen oder die Beiden rund um die Uhr von Fremden betreuen lassen, nur um Karriere zu machen.

***

Als sich die Wohnungstür schließlich öffnete und drei fröhliche Stimmen zu hören waren, bemerkte sie, dass sie schon fast zwei Stunden hier gesessen hatte. Lotta, Lukas und Lily kamen zu ihr. War ihr zuvor schon einmal aufgefallen, dass alle Namen denselben Anfangsbuchstaben hatten? Was für ein lustiger „Zufall". Die Mädchen liebten ihren Onkel. Er hatte eine Art, anderen Menschen zu begegnen, die sie sofort für ihn einnahm. Und bei Kindern war das ganz besonders auffallend. Lukas hatte ein Händchen für Kinder. Schade, dass er keine eigenen hatte. Wahrscheinlich wäre er ein prima Vater. „Nein", korrigierte Marie sich. Er wäre ganz sicher ein wunderbarer Vater. Sie erhob sich, um ihre kleine Familie zu begrüßen.

„Hallo Lily, hallo Lotta. Na, wo ward ihr?"

„Mami, stell dir vor, wir waren in Onkel Lukas' Büro. Ich durfte sogar an seinem Schreibtisch sitzen und dort malen." Lily war ganz offenkundig hingerissen. „Und ich durfte mit Paul ein Drehstuhlwettrennen fahren." berichtete Lotta aufgeregt. Marie lachte.

„Ich wusste gar nicht, dass angehende Partner einer angesehenen Rechtsanwaltskanzlei so etwas dürfen. Hallo Großer." Sie umarmte ihren Bruder. „Danke, dass du die Mädchen mitgenommen hast. Hast du keinen Ärger bekommen? Du hättest mich auch wecken können." Lukas lächelte.

„Marie, du bist erst kurz vor Sonnenaufgang eingeschlafen und hattest ein wenig Schlaf bitter nötig. Ich habe keinen Ärger bekommen. Im Gegenteil, die Anwältinnen und Sekretärinnen waren hingerissen von deinen Töchtern. Und Paul, unser Hausmeister, war froh über die Ablenkung. Er sagt, seine Arbeit ist sonst einfach langweilig. Lotta hat sein Lager ganz schön aufgemischt." Herzhaft lachte Lukas. „Hast du dich inzwischen etwas ausruhen können?" fragte er. Marie wandte sich ab und ging zurück in die Küche. Sie ergriff ihr Notizblatt, auf dem sämtliche Ideen durchgestrichen oder mit dicken Fragezeichen versehen waren.

„Hier, ich habe mir Gedanken gemacht, aber keine Lösung gefunden." setzte sie hinzu.

„Mädels, was haltet ihr von einer Runde „Au schwarte"?" fragte Lukas seine Nichten. Erwartungsgemäß waren sie begeistert. Also schaltete er ihnen ihr Lieblingsvideo ein und begleitete Marie in die Küche. Nachdem sie beide mit einem Glas Limonade ausgerüstet waren, nahm er ihr Blatt zur Hand.

„Ich habe mir alles überlegt, aber ich fürchte, ich habe keine wirkliche Idee, wie es weitergehen soll. Ich meine, die nächsten drei Monate kann ich sicher noch für die Zeitung schreiben, aber nach der Übernahme werde ich eine andere Stelle finden müssen. Ich möchte auf keinen Fall, dass Lily und Lotta sieben Stunden im Kindergarten sitzen und wir keine gemeinsame Zeit mehr haben. Also ist die freie Arbeit die beste Variante für mich. Aber hier gibt diese leider nicht so häufig. Trotzdem werde ich alle anderen Zeitungen und Zeitschriften anschreiben und mich bewerben."

Lukas seufzte. „Hör zu, ihr könnt gern bei mir bleiben. Ich habe das Gästezimmer und ihr könnt mein Schlafzimmer haben." Marie streichelte Lukas' Wange.

„Danke. Aber das wäre auch nicht gut. Du brauchst auch Ruhe, du hast einen anstrengenden Job. Und ein Privatleben hättest du dann auch nicht mehr." Das Telefon läutete. „Nun heb schon ab." sagte Marie lächelnd als ihr Bruder nicht reagierte.

„Ja, bitte?" meldete er sich. Dann ein erfreuter Ausruf: „Cool. Mann, wie geht es dir? Was treibst du so? Ich habe ja schon ewig nichts mehr von dir gehört." Um ihren Bruder nicht zu belauschen, schlich Marie nach nebenan. Sie setzte sich zwischen ihre Töchter und schaute mit ihnen das Video zu Ende. Sie war heute noch dankbarer als sonst für ihre Kinder. Von Gefühlen überwältigt, umarmte sie beide und drückte ihnen ein Küsschen auf den Kopf. Die Sendung war schon eine Weile lang zu Ende als Lukas den Raum wieder betrat. Er setzte sich neben Marie.

„Das war Ben, mein alter Kumpel. Er ist gerade in der Stadt." Lily und Lotta war das aufkommende Gespräch zu langweilig.

„Lukas, Lukas, wir wollen wieder mit ins Büro und auf den tollen Spielplatz gegenüber!" Schon zogen und zerrten sie an ihm herum. Schließlich schnappte er sich beide, klemmte sie unter seine Arme und kitzelte sie durch. Laut kreischend kicherten die Mädchen bis ihnen die Bäuche wehtaten.

„Ich muss gleich noch mal ins Büro, da steht eine wichtige Sitzung an. Ich würde heute Abend gern mit dir über deine Ideen und Möglichkeiten sprechen. Ja?" Lukas blickte seine Schwester fragend an. „Ihr könnt euch ja einen schönen Nachmittag machen. Vielleicht möchtet ihr mich auch vom Büro abholen? Es wird aber wohl erst gegen sieben sein.

Wenn euch das also nicht zu spät ist, könnten wir gemeinsam nach Hause laufen."

„Lukas, mach dir um uns keine Gedanken, wir kommen zurecht. Du musst deinen Tag nicht nach uns ausrichten. Geh mit Kollegen weg. Du musst doch nicht bei uns versauern." Marie sagte das mit einem leisen spöttischen Unterton, der zeigte, dass sie ihm dankbar war.

„Oh, ja, ich habe es echt schwer. Mit drei bezaubernden Mädchen durch die Stadt zu laufen, während sich alle Jungs ihre Köpfe nach euch umdrehen." Lukas konnte den Satz kaum beenden vor Lachen, da Marie sich kichernd mit einem Kissen auf ihn gestürzt hatte.

„Oh, hör auf, du bist unmöglich!" fügte sie hinzu. Ihre Töchter betrachteten die Situation staunend mit weit aufgerissenen Augen. Dann jedoch nutzten sie die Gunst der Stunde und beteiligten sich begeistert an der unverhofften Kissenschlacht.

***

Natürlich wollten Lily und Lotta ihren Onkel abends abholen. Gemeinsam hopsten die vier deshalb zurück in Lukas´ Wohnung. Nachdem die Kinder im Bett waren, plauderten die Geschwister auf dem Sofa über Maries Zukunftspläne. Mehr als sich bei anderen Redakteuren vorzustellen und zu hoffen, war dabei jedoch nicht herausgekommen. Sie hatten in der Nacht noch gebetet und vertrauten nun darauf, dass Gott Türen öffnen würde.

***

Eine weitere Woche verging, bevor sich etwas Nennenswertes veränderte. Marie und die Mädchen lebten ihren Alltag in ihrer Wohnung, Lukas hatte eine Menge Arbeit im Büro. Nach einigen weiteren Telefonaten mit seinem ehemals besten Freund keimte in ihm aber eine Idee, die ihn nicht mehr losließ. Bei einem gemeinsamen Ausflug in den Zoo hielt er die Zeit für gekommen, auch Marie einzuweihen. Während Lily und Lotta die Affen bestaunten, die sich munter auf den Bäumen vergnügten, präsentierte Lukas seiner Schwester seine Idee.

„Marie, was hältst du davon, eine Zeit lang mal rauszukommen? Wie wäre es mit ein wenig Urlaub an der See? Du erinnerst dich doch sicher noch an meinen besten Schulfreund Ben. Er ist in einem kleinen Ort als Architekt sesshaft geworden. Er besitzt ein tolles Haus und würde dich – in Erinnerung an die gute alte Zeit – gern für einige Zeit aufnehmen."

„Ben? Der Ben?" Marie lachte. „Der gute alte Ben, der die Lehrer reihenweise zum Nervenzusammenbruch brachte?" Die beiden lachten als sie an all die Situationen dachten, in denen die Jungs mit ihren Streichen die gesamte Schule auf Trab gehalten hatten. „Was sagt seine Frau dazu?" wollte Marie wissen.

„Er hat keine Frau." antwortete Lukas. Unsicher fragte Marie nach.

„Ich weiß nicht, hältst du das wirklich für eine gute Idee? Ich meine, er war dein bester Freund, nicht meiner." Lukas legte den Arm um seine Schwester.

„Ja, das denke ich. Vielleicht könntest du neue Perspektiven entwickeln und einen Urlaub hast du dir ja wirklich verdient. Lily und Lotta finden das Meer doch sicher toll. Und Ben meinte, er würde sich über eure Gesellschaft sehr freuen. Platz hätte er mehr als genug."

„Ja, da hast du recht. Ich überlege es mir."

***

Rückblickend war ihr die Entscheidung viel leichter gefallen, als sie zuerst gedacht hatte. Einen Neuanfang in beruflicher Hinsicht zu wagen, erschien Marie in der momentanen Situation sehr verlockend. Anstatt auf die Entlassung durch den Verlag zu warten, konnte sie auch gleich eine neue Stelle antreten. Zwar hatte sie keine Ahnung, welche das sein sollte, aber sie hoffte, dass die räumliche Distanz ihr helfen würde, neue Perspektiven zu entwickeln. Die Nähe zum Wasser und die unverhoffte Auszeit waren deshalb nur noch zusätzliche Anreize, die ihr die Entscheidung erleichterten. Und so fand sich Marie bereits kurz nach dem Gespräch mit Lukas in Bens Haus wieder. Es befand sich im bekannten Ostseebad Binz, einem kleinen Ort unweit der Küste. Hier war nichts vom Großstadtleben und der damit verbundenen Hektik zu spüren. Liebevoll gepflegte Häuser säumten die Straßen und Gassen. Es gab Läden für den täglichen Bedarf, aber keinen riesigen Supermarkt. Hier kaufte man noch auf dem Markt oder beim Lebensmittelhändler um die Ecke ein. Ben hatte bereits sein Schlafzimmer für sie geräumt, weil es der größte Raum des Hauses war, und hatte sein Bett im Gästezimmer aufgeschlagen. Obwohl sie sich seit Langem nicht gesehen hatten, war von Distanz nichts zu spüren. Die einstige Vertrautheit der Kindheit war sofort wieder da. Lily und Lotta hatten ihn zunächst etwas skeptisch beäugt. Beim letzten Aufeinandertreffen waren sie noch sehr klein gewesen. Doch bereits nach wenigen Minuten verhielten sie sich ihm gegenüber, als wäre es ganz normal, in seinem Haus zu sein. In den ersten Tagen arbeitete Ben sehr viel. Ein großes Projekt musste geplant und organisiert werden. Abends trafen sie sich aber gemeinsam in der Küche und unterhielten sich wie gute alte Freunde. Marie fühlte sich so wohl und entspannt wie seit langem nicht mehr. All die Sorgen ihres Alltags, all die Lasten waren plötzlich klein geworden. Die Gespräche waren locker, unverkrampft und unerwartet tiefgehend. Noch nie hatte sie mit jemandem außer Lukas über Carlos' Tod gesprochen. Niemand wusste von ihren gemeinsamen Träumen und Hoffnungen, die nach dem Unfall wie

Seifenblasen zerplatzt waren. Es fiel ihr leicht, Ben von ihren Gefühlen zu erzählen. Er hörte zu, tröstete sie und machte nicht den Eindruck als würden ihre Tränen ihn verschrecken. In seinen Armen konnte sie befreit durchatmen. Die dunklen Wolken der Unsicherheit verflüchtigten sich, wenn Ben ihr Mut machte. Er berichtete von seiner Arbeit, den nerzenzehrenden Terminen mit Klienten, die das eine bestellten, aber dann das andere wollten. Er erzählte von schlaflosen Nächten, weil ihn eine Idee nicht losließ und er den Entwurf erst aufs Papier bringen musste. Die Ketten, die Marie um ihr Herz gelegt hatte, damit es nie wieder verletzt würde, lösten sich ganz unbemerkt. Immer häufiger verbrachten sie miteinander Zeit. Aus den abendlichen Gesprächen wurden Ausflüge in den Zoo, Eis essen im Park oder auch ein gemeinsamer Besuch am Strand an den Wochenenden.

***

„Ben, Ben, komm mit mir ins Wasser. Da liegen viele glitschige Quallen!" Mit diesen Worten rannte die vierjährige Lotta auf Ben und Marie zu, die auf den Handtüchern saßen. Sie leerte ihren Eimer mit kaltem Ostseewasser über Bens Kopf aus. Anschließend rannte sie kichernd wieder davon. Ben brauchte eine Sekunde, um zu begreifen, was gerade geschehen war. Er sprang auf, um sich Lotta zu schnappen.

„Junge Dame, wir beide müssen ein ernstes Gespräch führen!" sprach er gespielt drohend aus. Ben wandte sich Marie zu, die ein ersticktes Keuchen von sich gab. Obgleich sie beide Hände vor den Mund presste und sich redlich Mühe gab, eine betroffene Miene auf ihr Gesicht zu zaubern, konnte er deutlich das verräterische Aufblitzen in ihren Augen sehen. „Sag mal, findest du das auch noch lustig?" Bens Brauen schossen fragend in die Höhe während er sich immernoch mit Lotta unter dem Arm - drohend vor Marie aufbaute. Diese prustete in ihre Handflächen. Marie konnte das aufsteigende Lachen kaum noch unterdrücken.

„Hmpf," presste sie hervor. „Natürlich nicht." Himmel, was sah dieser Mann gut aus, wenn er sich so gespielt wütend gab. Das Wasser tropfte ihm aus den Haaren, umfloss sein markantes Gesicht und tropfte auf seinen breiten Brustkorb. Lotta nutzte die Gunst der Stunde und wand sich aus Bens Armen. Noch während Marie verwundert das warme Kribbeln in ihrem Magen registrierte, wurde sie emporgehoben. Gleich darauf fand sie sich bäuchlings liegend auf Bens Schulter wieder. Sie schrie erschrocken auf.

„Ben, lass mich runter! Was soll das?"

„Marie, du sympathisierst ganz eindeutig mit dem zugegebenermaßen überaus süßen Wasserwerfer! Das kann ich nicht auf mir sitzen lassen. Ich werde euch beiden eine kleine Abreibung verpassen, damit ihr beim nächsten Mal mehr Respekt habt." Ben rannte leichtfüßig in Richtung der beiden Mädchen, die quietschend vor Freude aufsprangen und versuchten, ihn mit ihren Sandeimerchen noch etwas nasser zu machen. Marie trommelte mit ihren Händen auf Bens Rücken. Sie wollte herunter. Außerdem platzte sie fast vor Lachen. Wann hatte sie zum letzten Mal so viel Spaß gehabt? Wann hatten Lily und Lotta so unbeschwert mit einem Mann toben können? Nun hatte Ben Lotta erreicht. Scheinbar ohne die geringste Anstrengung klemmte er sich das strampelnde, johlende Bündel erneut unter den Arm. Außerdem bewegte er Lily dazu, ihm brav zu folgen und stapfte ins Wasser. Nachdem er im etwa knietiefen Wasser angekommen war, ließ er Marie sanft ins Wasser plumpsen. Dann hob er Lotta auf Augenhöhe und blickte grinsend in ihr überglückliches Gesicht.

„Meine liebe Lotta. Nachdem du mir so übel mitgespielt hast, bin ich nun gezwungen, es dir heimzuzahlen!" Anstatt Angst vor ihm zu haben, lächelte ihn das Mädchen zufrieden an. Sie streckte ihre Arme nach ihm aus und drückte ihm einen Kuss auf die Nase.

„Oh nein! Sie weiß schon mit 4 Jahren die Waffen einer Frau zielgerichtet einzusetzen. Dagegen bin ich absolut machtlos!" stöhnte Ben auf. Dramatisch ließ er sich auf die Knie sinken. Dann schlug er gespielt verzweifelt die Hände über dem Kopf zusammen. Das entlockte Lily und Lotta weiteres Kichern.

Auch Marie lachte ihm fröhlich entgegen. Im Gegensatz zu ihm, stand sie mitsamt Shorts und Top im Wasser, ohne triefend nass zu sein. Ben hatte eine Idee, wie er Marie richtig zum Lachen bringen konnte. „Mädels, geht schon einmal auf unsere Decke zurück. Ich habe mit eurer Mama noch etwas zu klären." Mit diesen Worten wandte Ben sich zu Marie, über deren Gesicht, die plötzliche Erkenntnis huschte.

„Ben, du wirst doch nicht….. Du kannst doch nicht…." Als sie das Funkeln in seinen Augen sah, wusste sie, was er vorhatte. Als sie noch Kinder gewesen waren, war Marie oft mit ihrem Bruder und Ben schwimmen gegangen. Und beinah jedes Mal hatten die Jungs sie durchs Wasser gejagt. Alle hatten einen Riesenspaß gehabt! Marie wollte vor ihm davonlaufen, doch das ging im Wasser schwerer als gedacht. Auch das Lachen, das erneut unvermittelt aus ihrer Kehle emporstieg, kostete sie wertvolle Kraft.

„Oh doch," sagte Ben, „Ich kann, und ich werde!" Ben sprang behände auf sie zu. Dabei grinste er von einem Ohr zum anderen. Er nahm Marie auf die Arme und genoss für einen kurzen Moment das Gefühl ihres zarten Körpers an seiner Brust bevor er mit ihr gemeinsam untertauchte. Sie zappelte und strampelte. Als sie wieder auftauchten, sah Marie so herrlich derangiert und glücklich aus, dass es ihm einen Stich versetzte. Lächelnd stellte er sie wieder ab. „So, ich glaube, damit ist der Gerechtigkeit genüge getan. Wir können dann jetzt zu den Kindern gehen."

„Was? Nur weil du deinen Spaß hattest, gehen wir zurück? Nein, mein Lieber, so nicht!" Der letzte Gedanke, der durch Bens Kopf huschte bevor er unterging, war:

„Marie ist eben Marie! So wie früher!" Sicher hätte er ihrem Stoß standhalten können. Aber er war so verblüfft, dass sein Körper diese Reaktion schlichtweg versäumte. Sie hatte ihn, wie früher als Kinder, mit ihrem ganzen Körper zu Fall gebracht. Als Ben endlich wieder stand und es Marie mit gleicher Münze vergelten wollte, stellte er fest, dass sie sich seine Überraschung zunutze gemacht hatte. Sie war schon lauthals lachend auf dem Weg zum Strand. Ben sprintete hinterher, diesmal jedoch darauf bedacht, ihr Spiel auszukosten. Atemlos und erschöpft ließen sich die beiden schließlich auf die Decken sinken. Lily kuschelte sich sofort an ihre Mutter.

„Mama, mir ist so kalt und ich habe Hunger."

„Ja, Süße, das kann ich mir vorstellen. Wir packen gleich zusammen und dann koche ich euch etwas, ja?" Marie pulte Lily gekonnt aus ihren Schwimmärmeln und dem roten Badeanzug. Anschließend rubbelte sie sie trocken und stülpte ihr ein weißes Höschen sowie das über alles geliebte Blümchenkleid über. Da die Kleine noch immer mit den Zähnen klapperte, holte Marie ihren eigenen Pulli aus der Tasche. Darin sah Lily wie ein Pinguin mit viel zu großen Flügeln aus. Lotta hatte sich inzwischen in ihr Handtuch eingerollt und an Bens Bauch gekuschelt. Obwohl ihm so viel Nähe und Vertrautheit mit Kindern eher fremd war, fühlte es sich trotzdem gut und richtig an.

„Na komm, Wirbelwind, lass uns zurück ins Haus gehen bevor es zu kalt wird." Mit diesen Worten setzte Ben sich auf. Er half Lotta aus dem quietschgelben Bikini. Anschließend zog er ihr die wärmenden Anziehsachen über. Marie packte schon die Sandformen zusammen. Auf dem Heimweg trug Ben die Tasche mit den Badesachen sowie die erschöpfte Lotta, während es sich Lily auf Maries Armen bequem machte. Kurz begegneten sich ihre Blicke. Ben lächelte Marie an. Bei ihrem Anblick und dem süßen Schmunzeln, das sie ihm zuwarf, wurde ihm ganz warm ums Herz. Diese Frau war unglaublich. Sie war so natürlich, so wunderschön. Etwas an ihr berührte ihn so tief, dass er glaubte, ohne sie nicht leben zu können. Völlig problemlos hatten sie an die freundschaftliche Beziehung angeknüpft, die sie vor mehr als zwei Jahrzehnten verbunden hatte. Lukas, Marie's großer Bruder, war Bens bester Freund während der Schulzeit gewesen. Gemeinsam hatten sie den größten Unsinn gemacht. Oft war auch Marie mit von der Partie gewesen. Sie hatten sie geneckt, manchmal auch geärgert. Gleichzeitig hatten sie immer ein Auge auf „die Kleine". Hier musste Ben schmunzeln.

Klein war Marie nicht mehr. Irgendwann war aus dem Mädchen eine bildhübsche junge Frau geworden. Von diesem Moment an hatten Ben und Lukas beide Hände voll zu tun gehabt, die jungen Männer von ihr fernzuhalten. Marie war sich ihrer Wirkung auf das andere Geschlecht nie bewusst gewesen. Was sie in Bens Augen nur umso anziehender machte. Während sie nun so vor ihm herlief, mit ihren Jeansshorts, dem blauen, figurbetonenden Oberteil und ihrer süßen Tochter im Arm, fragte sich Ben, ob sie JETZT wusste, wie bildschön sie war. Er stutzte. Was passierte nur mit ihm? Marie war die kleine Schwester seines Schulfreundes. Sie war auch seine Freundin. Und dennoch sah er in ihr eine bemerkenswerte Frau, nach der sich sein Herz sehnte. Im Haus angekommen liefen Lily und Lotta sogleich in ihr Zimmer, um zu spielen. Marie hängte Handtücher und Badesachen auf und ging ins Schlafzimmer, um sich selbst wieder trocken einzukleiden. Ben legte sein T-Shirt auf die Fensterbank und machte sich auf den Weg in die Küche, um ein leckeres Abendessen vorzubereiten. Nie im Leben hätte er sich vorstellen können, dass er sich einmal so wohlfühlen könnte in einer wohlstrukturierten, aber dennoch spontanen Rollenaufteilung. Früher wäre ihm das spießig erschienen. Ben wusste, dass Marie auch gut allein mit ihren Töchtern zurechtkäme, schließlich war sie schon lange alleinerziehend. Trotzdem genoss er das Wissen, dass er ihnen ihren Aufenthalt hier angenehm gestalten konnte. Außerdem erfüllte es ihn mit tiefer Genugtuung, wenn alle drei Frauen glücklich verzehrten, was er zubereitet hatte. Bei dem Gedanken an zwei süße, verschmierte Münder sowie Maries genüsslich geschlossene Augen beim Essen musste Ben grinsen. Als Marie die Küche betrat, war diese schon erfüllt mit dem Duft angebratenen und lecker gewürzten Hähnchenfleischs. Im Ofen stand eine Kasserolle, in der Zwiebeln schmorten. Ben schnitt soeben Kartoffeln.

„Ich habe ein ganz schlechtes Gewissen, dass wir drei hier einfach so hereinplatzen, dich in deiner gewohnten Routine stören und du uns dann auch noch bekochst. Du hast sogar dein Schlafzimmer für uns geräumt!"

„Marie, ich tue das wirklich gern. Ihr stört mich hier keineswegs. Es ist schön, dass mein Haus jetzt mit so viel Leben gefüllt ist. Dich nach so vielen Jahren wieder zu sehen und mit deinen Kindern Zeit verbringen zu können, ist einfach toll."

**

Solcherart behaglich vergingen die Tage. Aus den ursprünglich geplanten fünf Tagen wurden erst eine, dann zwei und schließlich drei Wochen. Sie entwickelten eine gemeinsame Routine. Marie ertappte sich bei dem Gedanken, dass sie sich hier wie zu Hause fühlte. Eines Abends, als sie eben den Tisch deckte, dachte sie wieder einmal über die Situation nach, in der sie sich befand und aus der sie noch immer keinen Ausweg gefunden hatte. So langsam ging ihr das Geld aus. Zwar schrieb sie noch einzelne Artikel für Zeitungen, aber wirklich viel sprang dabei nicht heraus. Es wurde also Zeit für eine Veränderung. Bevor Marie jedoch zu einem Schluss gekommen war, rief Ben die Mädchen schon zum Essen. Ihr fiel auf, dass er den Tisch allein fertig gedeckt, das Essen auf dem Tisch platziert und sogar die Kerzen angezündet hatte. Marie war so in Gedanken versunken gewesen, dass sie noch immer das Besteck in Händen hielt, anstatt es - wie sie es vorgehabt hatte - auszuteilen. Ben machte einen Schritt in ihre Richtung und blickte ihr in die Augen. Sofort wurde ihr wieder warm ums Herz, alle Sorgen waren verschwunden. Als er ihr das Besteck aus den Händen nahm, spielte ein kleines Lächeln um seinen Mund. Wie gut er doch aussah. Marie hatte ganz weiche Knie.

„Vielleicht legen wir die gefährlichen Dinge weg, bevor du uns im Stehen einschläfst, ja?" In seiner Stimme konnte sie das Lachen hören.

„Ich habe nicht geschlafen!" entgegnete Marie empört.

„Nein, noch nicht, aber viel hat auch nicht gefehlt." meinte Ben. Da er sie ganz offen und liebevoll ansah, konnte sie es ihm nicht einmal verübeln. Denn sie hatte ja tatsächlich mehrere Minuten dagestanden und sich nicht gerührt.

„Ich habe nachgedacht."

„Nachgedacht? Worüber? Muss ja ganz was Schwerwiegendes sein, wenn du nicht mehr ansprechbar bist." Doch noch ehe Marie antworten konnte, kamen Lily und Lotta ins Zimmer gestürmt.

„Was gibt es? Ben, was hast du gekocht?" fragte Lotta. Sie lief rund um den Tisch, um sich einen Überblick über das heutige Essensangebot verschaffen zu können. „Hm, lecker" beschied sie schließlich und setzte sich auf den Platz direkt neben Ben. Er schien ihr großes Vorbild zu sein, denn sie achtete stets darauf, ganz in seiner Nähe zu sein. Wann immer Ben etwas erklärte, hing sie an seinen Lippen. Am liebsten wäre sie rund um die Uhr in seiner Nähe gewesen.

***

Als alle Platz genommen hatten, blickte Marie Ben fragend an. Obwohl sie nun schon eine Weile bei ihm lebte, bat sie ihn doch vor jedem Essen um sein Einverständnis. In den ersten Tagen hatte Ben nicht verstanden, warum ihr das Dankgebet vor dem Essen wichtig war. Er nahm an, es sei ein Ritual der Kinder wegen. In seiner Familie hatte jeder einfach begonnen zu essen, sobald er saß. Durch das Beten fingen jedoch alle gemeinsam an. Doch schon nach kurzer Zeit stellte Ben fest, dass es Marie mehr bedeutete. Es war ihr ein Herzensanliegen. Auch abends, wenn sie die Kinder ins Bett brachte, beobachtete er, wie sie gemeinsam ihre Hände zum Himmel erhoben und Gott dankten. Ben tat sich noch schwer mit der Vorstellung, dass ein Gott für alle Menschen sorgte. Zugleich fühlte er aber Frieden oder Zufriedenheit in sich aufsteigen, wenn die drei Mädels hier bei ihm beteten. Also ermutigte er sie auch heute wieder, ihre Gebete zu sagen. Er lauschte ihren Stimmen und genoss das Vertrauen, das sie ihm entgegenbrachten. Es fühlte sich so gut, so selbstverständlich an, wie sie hier zu viert um den Tisch saßen. Überhaupt hatte er immer gedacht, dass es anstrengend und nervtötend sei mit Kindern. Doch diese beiden und ihre Mutter waren die tollsten Mädels überhaupt. Ok, die Mutter fand Ben besonders toll. Aber war das ein Wunder? So wie sie aussah? Mit ihren lockigen Haaren, dem Lächeln, das sein Herz erwärmte und ihren blauen Augen, die ihn so liebevoll betrachteten, war sie einfach seine absolute Traumfrau. Er hörte ihr so gern zu. Konnte mit ihr diskutieren über seine Arbeit als Innenarchitekt, über Kindererziehung, Musik und alles, was ihm sonst noch einfiel. Niemals tat sie eine Idee einfachso von vornherein als Quatsch ab. Sie dachte gründlich darüber nach, erwog mit ihm Vor- und Nachteile und sagte ihm ehrlich ihre Meinung. Sie interessierte sich sogar für seine Arbeit. Fragte nicht nur: „Wie war dein Tag?" sondern merkte sich Termine, die ihm am Herzen lagen oder Sorge bereiteten und schaute sich interessiert seine Einrichtungsvorschläge an. Marie hatte ihm sogar schon geholfen. Ja, manch gute Idee für sein letztes Projekt stammte aus ihrem Ideenfundus. Als sie die Bilder des Hauses betrachtet hatte, sagte sie Dinge wie:

„Wow, was für ein Bad! Ich kann mir hier eine riesig große Wanne auf Füßen gut vorstellen. Und Platz für Kerzen, kleine Borde zum Dekorieren an den Wänden! Ja, da würde ich auch gern drin liegen." Einmal, als er abends über den Küchenplänen saß, aber einfach keine gute Idee hatte, kam Marie, stellte ihm eine Tasse heißen Tee hin. Bei einem Blick über seine Schulter bemerkte sie: „In diesen Raum gehört eine offene Küche mit Herd, Spüle und Arbeitsfläche in der Mitte. Unbedingt! Dann kann man noch ganz gesellig an der Theke sitzen, sich unterhalten und gleichzeitig kochen." Es fiel ihr einfach so ein. Sie hatte eine Begabung, die sich viele hart erarbeiten mussten und nahm sie gar nicht wahr. Auch sein Haus hatte sie verschönert. Niemals hätte sie sich getraut, Möbel zu verrücken. Aber von jedem Spaziergang, den sie mit den Mädchen unternahm, brachte sie eine Kleinigkeit mit: einen selbstgepflückten Blumenstrauß, Blätter, Muscheln, Steine, Getreidehalme. Diese arrangierte sie dann zu einem schönen Blickfang und deponierte sie im Flur, in Schälchen, auf Schränken. Ben bemerkte, dass er völlig in Gedanken versunken war. Er blickte auf, und sah, dass alle drei Mädels fertig waren und schon den Tisch abräumten. Marie warf ihm einen schelmischen Blick zu: „Na? Ausgeschlafen?"

Ben schmunzelte: „Ja, ich schätze schon. Also dann, wer geht heute zuerst ins Bett und wem soll ich etwas vorlesen?" Wie erwartet, wollten beide Mädchen eine Geschichte von ihm hören. Also schnappte er sich ein strampelndes und quiekendes Etwas links unterm Arm und eines rechts. So beladen machte er sich auf den Weg ins Bad. Marie war gerührt. Ben machte so viel für sie. Auch das Zusammensein mit den Mädchen schien ihn keinerlei Überwindung zu kosten. Er benahm sich vollkommen natürlich und offen. Lily und Lotta liebten ihn, seine männliche Art, wie er sie in die Luft warf und ganz selbstverständlich auffing. Oder auch, wie er sie gespielt sauer anmurrte, nur um sie gleich danach fest in die Arme zu schließen. Sie hörte ihre giggelnden Töchter, die die Zähne schrubbten und empfand tiefe Freude. Nachdem das Geschirr im Geschirrspüler verstaut, die Reste gut verpackt im Kühlschrank standen und der Tisch gesäubert war, setzte sich Marie ins Wohnzimmer und nahm ein Buch zur Hand. Weit kam sie allerdings nicht, denn schon nach der zweiten Seite fielen ihr die Augen zu. Das Buch rutschte ihr aus der Hand.

***

Als Ben das Wohnzimmer betrat, sah er die schlafende Marie. Sie wirkte so zart, so weiblich. Sie war einfach wunderbar. Eigentlich wollte er ihr heute sagen, dass sie gern noch viel länger bei ihm bleiben könnten. Das Haus wieder für sich allein zu haben, kam ihm mittlerweile komisch vor. Er genoss das

Leben, das jetzt darin tobte. Die Mädchen hatten ihre Gutenachtgeschichte genossen und auch noch ausgiebig mit ihm toben wollen. Er hatte schon den einen oder anderen Knuff einstecken müssen. Die beiden lernten schnell dazu. Doch er konnte sich nicht erinnern, wann er so viel Spaß gehabt hatte. Es war eine Wonne, mit Lily und Lotta durchs Zimmer zu toben. Wahrscheinlich bekäme er morgen Muskelkater vom vielen Lachen. Als er Marie nun schlafen sah, beschloss er, sie nicht zu wecken. Ben holte eine Decke, um sie sanft zuzudecken. Anschließend nahm er sich noch ein Glas Bier und setzte sich in seinen Sessel. Er wollte sie einfach nur ansehen.

***

Am nächsten Morgen erwachte Ben mit steifem Hals und schmerzendem Rücken. War er wirklich im Sessel eingeschlafen? Er versuchte, sich gerade hinzusetzen. Doch sein Kopf fühlte sich an, als wolle er gleich vom Hals abbrechen. Seine Beine waren eingeschlafen. Ihm entfuhr ein Stöhnen. Schien so, als wäre er nicht mehr der Jüngste. Jeder einzelne Knochen im Leib tat ihm weh. Ein Blick auf die Uhr informierte Ben darüber, dass es gerade mal sechs Uhr morgens war. Er hatte noch zwei Stunden Zeit bevor er ins Büro musste. An Einschlafen war aber nicht mehr zu denken. Vermutlich hatte er wieder ein Geräusch von sich gegeben, denn Marie streckte sich und schlug die Augen auf. Ganz verschlafen und verwirrt blickte sie sich um.

„Guten Morgen" sagte Ben.

„Oh, guten Morgen. Habe ich auf dem Sofa geschlafen?" fragte Marie.

„Ja, ich glaube, du bist beim Lesen eingeschlafen. Ich wollte dich nicht wecken als die Mädchen schliefen. Und eigentlich wollte ich mich auch nur kurz in den Sessel hier setzen. Doch nun bin ich ein alter Mann, der seine Gebeine nicht mehr schmerzfrei bewegen kann." entgegnete Ben mit einem erneuten Stöhnen. Marie schmunzelte.

„Nun, alter Mann. Was hältst du davon, wenn ich dir eine Tasse Kaffee koche? Wenn du die nicht alleine halten kannst, helfe ich dir gern!"

„Machst du dich lustig? Warte nur, bis ich hier wieder hoch komme, dann…" knurrte Ben.

„Jaja, schon gut." Marie lachte, erhob sich, faltete die Decke zusammen und schritt froh gelaunt in Richtung Küche. Ben hörte das Klappern der Tassen und Löffel sowie das Brummen der Kaffeemaschine. Langsam zog ein leckerer Duft zu ihm. Genussvoll schloss er die Augen.

„Ja, daran kann man sich gewöhnen", dachte er. „Eine tolle Frau, die einem guten Kaffee am Morgen kocht." Er öffnete die Augen und sah, wie sich die Küchentür öffnete. Marie trat zu ihm und reichte ihm eine dampfende Tasse. Danach gab sie ihm einen Kuss auf den Kopf, der ihm durch den ganzen Leib fuhr. Marie nahm ihre Tasse und setzte sich wieder auf die Couch. Sie bemerkte den Aufruhr in seinem Inneren nicht. Mit gekreuzten Beinen saß sie ihm gegenüber, herrlich verstrubbelt und verschlafen.

„Ben," setze Marie an. „Ich weiß nicht, wie ich dir danken kann, dass du uns so einfach aufgenommen hast. Du hast uns jetzt schon eine ganze Weile bei dir wohnen lassen. Ich denke, ich sollte mit den Mädchen langsam wieder gehen damit du dein Zuhause wieder für dich hast und Lily und Lotta wieder in ihren Kindergarten gehen können. Ich möchte deine Gastfreundschaft nicht unnötig lange ausnutzen."

„Marie", Bens Stimme klang heiser, „du nutzt mich nicht aus. Ich finde es einfach wunderbar, wenn in meinem Haus Leben herrscht. Ich wünschte wirklich, ihr würdet noch bleiben. Ich weiß, das ist allein deine Entscheidung, aber ihr drei bedeutet mir eine ganze Menge. Wo willst du hin?"

„Tja, ich schätze, meine Wohnung wäre doch ein guter Anfang. Auf meine Bewerbungen, die ich in den letzten Wochen verschickt habe, hat sich leider noch niemand gemeldet." Traurig blickte Marie ihn an.

„Marie, wenn du irgendwo neu beginnen möchtest, dann könntest du das doch auch hier tun. Gibt es eine Chance, dass ihr hierbleibt? Hier bei mir? Ich fände es schade, wenn ihr wieder weit wegzieht und irgendwo ganz allein seid. Ich möchte euch helfen. Und ich möchte dich nicht gehen lassen. Die Mädchen nicht, aber dich erst recht nicht. Ich wünschte, dass dieses Haus auch eine Art Zuhause für euch sein könnte."

„Ben, das, das…. Ich weiß nicht, was ich sagen soll… Meinst du nicht, dass du besser arbeiten könntest, wenn du wieder deine Ruhe hast? Wenn nicht vier kleine Füße über dir trampeln? Oder dich ganz dringend etwas fragen müssen? Die Mädchen brauchen Freunde, mit denen sie spielen können. Lotta kommt bald in die Schule und vorher wäre Kontakt zu Gleichaltrigen gut. Ich kann nicht immer wieder umziehen. Und was soll ich tun? Ich kann doch nicht nur hier herumsitzen? Ich muss arbeiten und Geld verdienen, anstatt dir auf der Tasche zu liegen." Jetzt lächelte Ben vorsichtig.

„Hör zu, ich habe noch nie so produktiv und mit so viel Freude gearbeitet wie jetzt. Ich finde es schön, wenn ich von meinem Arbeitszimmer aus hören kann, wie ihr wieder nach Hause kommt und spielt. Und wenn Lily und Lotta wirklich in den Kindergarten gehen sollen, dann finden wir hier sicher auch einen Platz. Natürlich nur, wenn du Lust hast. Du kannst dir in Ruhe eine Stelle suchen, die dir Freude bereitet. Ich will dich zu nichts überreden. Aber bitte denke doch darüber nach, ob ihr nicht hierbleiben könnt. Ich wäre der glücklichste

Mann der Welt." Inzwischen war Ben aufgestanden, wenn auch nach wie vor schwerfällig dank der schmerzenden Muskeln. Er stellte seine Tasse auf dem Couchtisch ab und setzte sich zu ihr. „Marie, du bist mir so wichtig geworden. Ich weiß, dass dein Leben gerade im Umschwung ist. Ich fände es schön, wenn ihr hierbleiben könntet."

***

Sie nahm sich zwei Tage Zeit, um das Für und Wider abzuwägen. Obwohl sie sich selbst für recht spontan hielt, galt es, eine Entscheidung zu treffen, die auch das Leben der Mädchen beeinflussen würde. Nachdem Marie zu einem Schluss gekommen war, brachte sie das Thema gleich am nächsten Morgen beim Frühstück zur Sprache. Erstaunlicherweise schliefen beide Mädchen noch, was sie für sich zu nutzen gedachte.

***

„Ben, hast du eine Minute für mich?"

„Na sicher. Was gibt es denn?" – Zögernd begann Marie:

„Tja, ich schätze, ich habe mich entschieden. Mir gefällt es hier sehr gut. Die Mädchen fühlen sich sehr wohl und sind so entspannt wie schon lange nicht mehr. Warum sollte ich den Neuanfang also nicht hier versuchen? Ich suche mir hier einen Job.

Vielleicht braucht jemand eine Haushälterin oder Putzfrau. Ich werde einen Kindergartenplatz suchen, um zumindest ein paar Stunden lang arbeiten zu können. Abends kann ich noch ein paar Artikel schreiben und an Zeitschriften schicken. Vielleicht kauft mir die eine oder andere doch noch etwas ab. Außerdem werde ich mir eine kleine Wohnung suchen, damit wir dir nicht länger auf der Tasche liegen." Ben nahm einen Schluck Kaffee bevor er antwortete.

„Das klingt, als hättest du einen echten Plan. Aber ich finde, du verkaufst dich unter Wert. Du gibst eine super Assistentin ab. Du bist ein wahres Organisationstalent, hast einen Blick für die schönen Dinge und bist absolut versiert im Umgang mit besonderen Kunden. Hast du das nicht auch mal gelernt?" Marie lächelte.

„Naja, so was Ähnliches. Aber das ist lange her. Das war vor der Geburt meiner Töchter. Keine Firma stellt jemanden ein, der vor mehr als sechs Jahren ein Studium der Germanistik abgeschlossen, aber niemals in dem gelernten Beruf gearbeitet hat." Einen Moment herrschte Stille. Ben grübelte. Seit Karin nicht mehr in seinem Büro arbeitete, hatte er schon häufiger überlegt, wieder eine Assistentin einzustellen. Karin hatte sich nach einer Stelle in der Großstadt gesehnt. Das Leben „auf dem Land" wie sie es immer genannt hatte, war ihr zu langweilig gewesen. Er hatte sie nicht gern gehen lassen, denn sie hatte ihn einwandfrei unterstützt. Er hatte sich immer darauf verlassen können, dass sämtliche Unterlagen wohlgeordnet auf seinem Schreibtisch lagen, bevor ein Kunde kam. Sie wusste genau, wann er wo von wem erwartet wurde und reichte ihm beim Gehen alles Notwendige. Bis jetzt hatte er allerdings noch keine Stellenanzeige aufgegeben. Sollte er Marie fragen? Sicher, sie hatte noch nie in einem Architekturbüro gearbeitet, aber ihre Fähigkeit, den Tag mit zwei Kindern zu managen, zeugte von der Begabung, komplexe Abläufe gut organisieren zu können. Außerdem wüsste er gern, ob sie ihre Einrichtungsideen nicht noch öfter anbringen würde.

„Hör mal, ich hätte da eine Idee. Ich möchte, dass du dir das gut überlegst, bevor du mir eine Antwort gibst, ja?" begann er schließlich. „Vor etwa vier Monaten kündigte meine Assistentin Karin. Sie war verantwortlich für Termine, Unterlagen und auch die Kundenbesuche im Büro. Bis jetzt ist diese Stelle unbesetzt. Meinst du, das wäre etwas für dich? Ich denke, dass es dir Freude machen könnte. Ich habe schon bemerkt, dass du ein Gefühl dafür hast, wie ein Raum aussehen könnte. Du kannst dir das Gesamtbild vorstellen, bevor es real ist. Ich möchte dir also gern den Posten meiner Assistentin anbieten. Über die Arbeitszeit und das Gehalt diskutieren wir noch." Marie war sprachlos. Mit offenem Mund starrte sie Ben an. „Nun, was ist? Was hältst du davon?" fragte der schließlich.

„Ich soll bei dir arbeiten? Ich… aber…. Ben, du weißt nicht einmal, ob ich diese Arbeit leisten kann. Vielleicht unterstütze ich dich nicht, sondern koste dich im Gegenteil wertvolle Arbeitszeit?" Er lachte.

„Weißt du, wenn du mit so einer Einstellung zu einem Bewerbungsgespräch gehst, wird es wohl schwierig werden mit dem Arbeitsvertrag."

„Na hör mal, ich konnte ja nicht wissen, dass jetzt gleich ein so wichtiges Gespräch ansteht!" empörte sich Marie.

„Manchmal kommt es eben anders als man denkt. Ich traue dir das jedenfalls zu, sonst hätte ich es dir nicht angeboten." Ben streckte seine Beine. „Denk darüber nach und dann gib mir Bescheid." Marie war noch immer hin- und hergerissen. Sie würde finanziell auf eigenen Beinen stehen können. Na gut, wenn man bedachte, dass sie höchstens halbtags arbeiten könnte und auch das nur, wenn sie einen KiTa-Platz für die Mädchen fand, der bezahlbar war, dann würde wohl nicht allzu viel Geld in ihre Kasse kommen. Aber was auch immer darin war, wäre dann wieder ihres. Sie würde niemandem mehr auf der Tasche liegen. Sie könnte auch weiterhin alles kaufen, was notwendig war. Außerdem könnte sie hier am Meer wohnen bleiben. Ein ungekanntes Glücksgefühl breitete sich bei dieser Vorstellung in ihr aus. Sie trank ein wenig Kaffee.

„Ok, also, als erstes muss ich mich hier in der Gegend umhören. Wo gibt es Kindergärten? Welcher Papierkram wartet auf mich. Ich muss mich auch endlich im Einwohnermeldeamt registrieren lassen. Und dann kann ich wohl auch nur während der KiTa-Zeiten bei dir arbeiten. Eine Halbtagsstelle, mehr schaffe ich nicht. Nachmittags sind Lilly und Lotta dran. Was muss ich tun? Wann soll ich deiner Meinung nach anfangen?" Ben hob abwehrend die Arme.

„Wow, Moment. Du bist ja reichlich kurzentschlossen. Ich hatte mich damit abgefunden, dass das jetzt noch ein paar Tage dauert bis du dich entschieden hast. Umso besser, dass du es jetzt schon hast. Eins musst du wissen, wir sind befreundet und ich schätze dich sehr, aber es ist kein Mitleidangebot. Ich erwarte deine ganze Aufmerksamkeit während der Arbeitszeit." Marie stand auf. Anklagend bohrte sie ihm ihren Zeigefinger in die Brust.

„Willst du andeuten, ich würde nichts tun wollen? Pass bloß auf..." Ben schnappte ihre Hand von seiner Brust. Dort, wo eben noch ihr Finger gewesen war, fühlte er eine Wärme, über die er lieber nicht genauer nachdenken wollte. Jedes Mal, wenn sie ihn zufällig berührte, schlug sein Herz schneller und es fiel ihm zunehmend schwerer, sie nur als Freundin zu sehen. Besser er entschärfte die Situation, bevor sie ihm noch einmal zu nahekam. Er zog sie zur Treppe.

„Gut, dann lass uns gleich die Details klären." Kurz darauf wusste Marie, an welchem Tisch sie arbeiten sollte, wo die aktuellen Kundenkarteien abgelegt waren, wie sie sich am Telefon melden sollte und noch vieles mehr. Sie konnte es immer noch nicht glauben. Sie hatte ihren ersten richtigen Job. Sie war fest angestellt und sie wurde bezahlt. Da die Frage nach der Kinderbetreuung noch nicht geklärt war, hatten sie vereinbart, dass Marie sich in den nächsten Tagen die Kindergärten vor Ort ansehen würde, um den zu finden, in dem sich Lily und Lotta wohlfühlen würden. Ben öffnete in der Küche eine kleine Flasche Sekt.

„Komm, das muss gefeiert werden. Ich habe endlich wieder Unterstützung im Büro und du einen neuen Job!" Schnell stieg Marie der Sekt in den Kopf. Sie hätte wohl doch erst etwas essen sollen. Glücklicherweise kam Lotta eben aus dem Schlafzimmer. Noch etwas schlaftrunken tappte sie durch den Flur direkt in die Arme ihrer Mutter.

„Guten Morgen, mein Schatz, hast du gut geschlafen?" Marie setzte sich auf einen Küchenstuhl, vergrub ihr Gesicht im Haar ihrer Tochter und genoss deren Bettwärme. Ben sah den beiden zu. Er beschloss, sich eben im Bad ein wenig frisch zu machen und dann noch zu frühstücken, bevor er sich an die Arbeit machte. So kam es, dass kurze Zeit später alle vier in der Küche saßen, fröhlich schwatzten und Toast aßen.

***

Als Marie eine Stunde später mit den Kindern durch das Dorf lief, staunte sie wieder über die hier herrschende Stille. Hier fuhren nur wenige Autos. Kinder rannten zum Bus, zur Schule oder nach Hause. Die Vögel sangen und unzählige Blumen säumten die Wege. Alles machte einen friedlicheren, ruhigeren Eindruck als in Berlin. Hier gab es noch richtige Fußwege. Immer wieder konnte man in kleine Gässchen, vereinzelt sogar Feldwege abbiegen und ausgedehnte Spaziergänge unternehmen. Und jeder kannte jeden. Zumindest schien es Marie so zu sein. Heute liefen sie also zu dritt kreuz und quer durch das beschauliche Stadtzentrum, bogen dann an der Kirche rechts ab. Der kleine, abwärts führende Weg war mit einem Geländer versehen und führte direkt an einen kleinen Wasserlauf. Unten angekommen stiegen Lilly und Lotta aus ihren Schuhen, um sich die Füße im Wasser zu kühlen. Während Marie sie glücklich beobachtete, wie sie da kichernd und quatschend auf dem Boden saßen, ließ sie ihren Blick ringsherum schweifen. Mit einem Mal fiel ihr ein bunt bemaltes Haus auf. An der ihr zugewandten Außenfläche prangte ein strahlender Regenbogen. Darunter befand ein großes Schiff, auf dessen Dach eine Taube saß. Die Fenster waren bunt geschmückt und im angrenzenden Garten tobten jede Menge Kinder. Das konnte doch nicht wahr sein. Marie war schon so oft spazieren gewesen, aber das hier ein Kindergarten war, das war ihr noch nie aufgefallen.

„Meine Wege sind nicht eure Wege...." flüsterte sie vor sich hin. Manchmal war es geradezu unheimlich wie schnell Dinge in Gang kamen, wenn Gott den richtigen Zeitpunkt für gekommen hielt. Erst heute Morgen hatte sie mit Ben besprochen, dass sie einen Kindergarten finden müsste und nun stand sie schon davor. Was nun? Marie beschloss, einfach mal hinzugehen. Vielleicht konnte man ihr gleich sagen, wie lange die Warteliste sein würde. Als die Drei wenig später im Büro der Leiterin standen, war Marie überrascht. Es sei kein Problem, Lilly und Lotta aufzunehmen. Lotta könnte in die Vorschulgruppe gehen. Allerdings sei es dafür notwendig, dass Marie im Einwohnermeldeamt registriert sei. Außerdem müsste ein Kinderarzt überprüfen, dass die beiden wirklich keine ansteckenden Krankheiten hätten. Frau Neuberg war sehr freundlich, hatte Marie und die Mädchen sehr herzlich begrüßt. Sie notierte sich schon einmal Namen, Geburtsdaten und Bens Adresse. Im Gehen lud sie sie gleich zum Sommerfest am übernächsten Samstag ein.

„Da ist immer eine Menge los und ihre Kinder hätten die Gelegenheit, gleich ein paar andere kennenzulernen."

„Das klingt wunderbar. Danke!" sagte Marie glücklich. Lilly und Lotta konnten auf dem Heimweg über nichts anderes mehr reden.

„Ziehen wir jetzt richtig zu Ben? Bleiben wir hier? Gehen wir wirklich in diesen Kindergarten? Komme ich hier auch in die Schule?" waren nur ein paar der Fragen, die Marie beantworten musste. Im Haus machte sie sich daran, das Mittagessen vorzubereiten während Lilly malte und Lotta ihre Puppen frisierte. Marie nutzte die Gelegenheit, um Lukas anzurufen. Sie erreichte ihn in seiner Mittagspause.

„Hallo Kleine, wie geht es dir?"

„Mir geht es gut, danke. Hör mal, ich hätte ein bisschen Papierkram zu erledigen. Wäre es dir recht, wenn wir dich in den nächsten Tagen noch einmal besuchen? Ich glaube, ich brauche da ein wenig Unterstützung." fragte Marie. Lukas klang erfreut, als er sagte:

„Natürlich ist mir das recht. Ich vermisse meine Mädels hier. Wann kommt ihr?"

„Wäre morgen in Ordnung?"

„Klar. Sag mal, ist alles in Ordnung? Hast du dich mit Ben gestritten?" Nun klang Lukas' Stimme ein wenig zornig. Marie wiegelte ab.

„Nein, es ist alles bestens. Ben ist super nett. Wirklich. Es geht einfach um ein paar bürokratische Dinge, zu denen ich deine Meinung hören will."

„Ok, dann bis morgen. Ihr schlaft doch bei mir, oder?" Marie lachte.

„Das wäre nett. Meinst du, wir könnten das Wochenende bei dir verbringen? Wenn wir morgen früh losfahren, sind wir am frühen Nachmittag da. Dann bleibt uns ein halber Freitag, der ganze Samstag und ein bisschen vom Sonntag."

„Das klingt prima! Macht mal, ich freue mich auf euch. Ich muss nur leider weiter, mein Klient ist gleich da. Hab dich lieb. Bis morgen, Marie und gib den Zwergen einen Kuss von mir, ja?" Pflichtbewusst überreichte Marie die Küsse. Sie lachte. Sie hatte so ein Glück mit ihrer Familie. Sie hatte einen Bruder, der sie über alles liebte, zwei wunderbare Töchter und einen guten Freund, der ihr nicht nur ein Dach über dem Kopf, sondern auch die Chance bot, sich beruflich weiterzuentwickeln. Auch wenn sie sich sicher war, dass sie niemals eine Karrierefrau im herkömmlichen Sinne sein würde, dafür war ihr die Zeit mit Lilly und Lotta einfach zu wichtig, wusste Marie, dass es ihr Auftrieb geben würde, auf eigenen Beinen zu stehen. Auf jeden Fall freute sie sich darauf, ihren Bruder wiederzusehen. Der restliche Tag war angefüllt mit Spielen, Toben im Garten und dem notwendigen Packen. Es fiel Marie schwer aus Binz wegzugehen. Sie wusste, dass es nur drei Tage waren, aber sie hing mittlerweile sehr an diesem Haus und dessen Besitzer. Es fühlte sich tatsächlich an, als würde sie ihr Zuhause verlassen. Es würde eine Herausforderung sein, Lotta im Bus knapp vier Stunden lang zu beschäftigen, weshalb sie ausreichend Spiele, Bücher und sonstiges kleines Zeug einpackte, mit dem ihre Tochter hier nur zu gern spielte. Das Zubettgehen erwies sich heute als schwerer. Lilly weinte. Sie wollte nicht weg von Ben. Sie hing so sehr an ihm, dass es Marie fast selbst schmerzte. Vermutlich befürchtete sie, dass auch dieser Abschied für immer sein könnte. Ben versprach ihr, sie jeden Abend anzurufen und am Sonntag auf sie zu warten. Ein wenig beruhigte sie das. Trotzdem dauerte es eine ganze Weile, bis sie endlich schlief. Seufzend schloss Marie die Schlafzimmertür. „Puh, wenn ich nicht wüsste, dass sie sich darauf freut, Lukas morgen zu treffen, würde ich fast vermuten, dass sie gar nicht mitkommen will." Ben klopfte einladend auf den Platz auf der Couch neben sich.

„Komm her. Es ist wohl alles etwas viel für Lilly. Erst der Unfall von Carlos, dann wohnt ihr hier und sie lebt sich ein. Ich denke, dass sie ein bisschen Zeit braucht, um wieder entspannt wegfahren zu können. Und bevor du fragst: ja, du tust das Richtige! Nimm sie mit. Sie hat ihre Schwester, ihre Mama und ihren geliebten Onkel bei sich! Ich würde es schöner finden, wenn ihr hierbliebet, denn das Haus wird furchtbar leer sein, aber es ist ja nur für ein paar Tage." Er lächelte zaghaft. Auch Marie war wenig zum Lachen zumute. Sie würde Ben vermissen.

„Ich glaube, ich gehe auch schlafen, es wird morgen sicher anstrengend. Vielen Dank für alles, Ben."

Ben blickte ihr hinterher. Er nahm einen Schluck aus seiner Bierflasche. Noch vor wenigen Jahren hätte er gedacht, dass diese Situation das Herz jeden Mannes höherschlagen lassen müsste: die Frau verreist mit den Kindern und vor ihm liegen drei freie Tage! Heute stellte er fest, dass es ihm das Herz zerriss. Er wollte die Einsamkeit nicht mehr, wollte nicht mehr nächtelang am Computer oder vor dem Fernseher sitzen geschweige denn um die Häuser ziehen. Alles was er wollte, war Marie. Sie sollte hier neben ihm auf der Couch sitzen, über alles sprechen, was sie bewegte und sich ihm ganz anvertrauen.

***

Der nächste Morgen kam viel zu schnell. Unruhig hatte Ben sich in seinem Bett hin und her geworfen und kaum geschlafen. Als er die Küche betrat, war es kurz nach halb acht, doch Marie und die Mädchen saßen schon am Tisch. Alle sahen noch müde und verschlafen aus.

„Morgen, ihr Drei. Habt ihr gut geschlafen?" fragte er.

„Naja, die Nacht war ein wenig kurz." Marie warf ihm ein schiefes Lächeln zu, das zeigte, auch sie hatte noch lange wachgelegen. Der Gedanke, dass sie ihn ebenfalls vermissen würde, versetzte ihm einen Stich. Das war zwar irgendwie tröstlich, doch dass sie dadurch keinen Schlaf fand, wollte er nun auch nicht. Um die kurze Zeit mit ihnen noch genießen zu können, setzte er sich an den Tisch und versuchte sich in fröhlicher Plauderei. Irgendwie gelang es ihm, seine eigene Traurigkeit zu verbergen und stattdessen Lily und Lotta zu unterhalten. Leider währte dieser Moment nicht lange, denn das Taxi für Marie kam kurz darauf. Eilig lud Marie ihre Taschen ein, zog den Mädchen die Jacken an und verfrachtete sie ins Auto.

„Ich hätte euch gern zum Busbahnhof gebracht." sagte Ben, als sie sich in der Haustür gegenüberstanden. Marie blinzelte.

„Ich weiß, aber ich möchte mich nicht am Bahnhof verabschieden. Lieber hier, als noch gemeinsam auf den Zug warten. Das tut mehr weh." Ben blickte in ihre Augen, sah und fühlte denselben Schmerz wie in seinem Herzen. Er ergriff Maries Hände und drückte sie an sich.

„Ihr kommt doch wieder, oder?" murmelte er in ihr Haar.

„Was denkst du denn? Natürlich! Ich habe hier in der Gegend einen tollen Job, in dem ich ab sofort Karriere machen werde. Es sind doch nur drei Tage. Aber wir werden dich vermissen, Ben." Ihre Stimme war immer leiser geworden. Bevor sie sich von ihm löste und abwandte, spürte er ihre warmen Lippen auf seiner Wange. „Mach's gut Ben, bis bald!" Dann ging sie entschlossenen Schrittes zum Taxi, stieg ein und winkte ihm zu. Lily und Lotta winkten ebenfalls. Da sie ihre Nasen an der Autoscheibe plattdrückten, konnte Ben sehen, dass sie gegen die Tränen ankämpften. Seine Augen füllten sich ebenfalls mit Tränen. Mann, wie sehr er diese Drei liebte! Wie sollte er die nächsten Tage nur überstehen?

„Macht's gut, ihr fehlt mir jetzt schon! Ich liebe euch!" rief er dem davonfahrenden Auto nach. Er winkte noch als vom Taxi schon lange nichts mehr zu sehen war. Erst als er ein verhaltenes Räuspern vernahm, ging ihm auf, wie seltsam es aussehen musste, dass ein erwachsener Mann winkend vor seinem Haus stand. Zu allem Überfluss liefen Tränen über seine Wangen. Na toll! Er wandte sich um und sah den Postboten.

„Entschuldigen Sie, Herr Jansen, aber ich habe hier ihre Post. Ich hätte es in den Briefkasten geworfen, aber dieser Umschlag hier ist einfach zu groß." Ben ergriff das Bündel Briefe.

„Schon gut, vielen Dank." Damit drehte er sich um, um ins Haus zurückzugehen. Es blieb ihm nichts anderes übrig, als sich in die Arbeit zu stürzen. Das würde ihm helfen, einen klaren Kopf zu bekommen. So verbrachte er den ganzen Tag im Büro, machte keine Pausen, sondern arbeitete bis spätabends durch. Er hörte erst auf, als er sich auf das anstehende Großprojekt nicht mehr konzentrieren konnte. Auf dem Weg nach oben kam er an der Wäschekammer vorbei. Ohne bestimmten Grund öffnete er die Tür und wünschte sofort, er hätte es gelassen. Die drei Leinen waren voll behängt mit frisch gewaschener Wäsche, die Marie gestern Abend noch aufgehängt haben musste. Es duftete herrlich frisch nach ihr. Schnell schloss er die Tür wieder. In der Küche öffnete Ben den Kühlschrank, entschied sich für ein Bier und ein einfaches Butterbrot und setzte sich aufs Sofa. Jeder Raum seines Hauses zeigte ihm, dass etwas fehlte. Oder eher: jemand fehlte! Mal erblickte er Lilys Stifte, dann Lottas Püppchen oder Maries Strickjacke, die sie gestern auf den Stuhl gehängt hatte. Um die unerträgliche Stille um ihn herum zu übertönen, stellte er den Fernseher auf laut. Er wusste nicht, was er sah, es war ihm auch egal, Hauptsache, es lenkte ihn ab. Als der neue Tag bereits dämmerte, schlief Ben endlich völlig erschöpft auf der Couch ein.

***

Marie saß mit ihren Töchtern im Bus. Sie hatten gemalt, gelesen, gegessen. Lily war sogar noch einmal kurz eingeschlafen. Es hatte eine ganze Weile gedauert, bis sie den Abschied von Ben verkraftet hatten. Lange waren Tränchen über ihre Wangen gelaufen. Doch mittlerweile freuten sich ihre Zwei auf Onkel Lukas, der versprochen hatte, sie vom Busbahnhof abzuholen. Die lange Fahrt war anstrengend gewesen, doch am schwierigsten war Marie der Moment am Haus gefallen. Sich umzudrehen und von Ben wegzugehen, hatte sie fast weinen lassen. Er hatte sich einfach so in ihr Herz geschlichen. Es war fast unheimlich, wie schnell das geschehen war. Nie hätte sie gedacht, dass sie je wieder Sehnsucht nach einem Mann habe würde. Wenn sie ehrlich war, hatte sie die Gegenwart, ja auch die Gespräche mit Ben immer schon geliebt. Er hatte ihr das Gefühl gegeben, etwas Besonderes zu sein. So nahm sie sich in den vergangenen Jahren nur in Lukas' Beisein wahr. Aber Lukas war ihr Bruder. Da war es wohl selbstverständlich, dass man sich gegenseitig ermutigte und lobte. Doch Ben, das war etwas anderes. Zum ersten Mal seit Monaten, Jahren vermutlich, hatte Marie sich als Frau wahrgenommen gefühlt. Kaum ein Mann hatte sie als Frau ernstgenommen und als mögliche Partnerin betrachtet, wenn er ihre Töchter erlebt hatte. Das war vermutlich ein bisschen zu viel Extragepäck für Männer, die nur etwas Unverbindliches suchten. Nach einer weiteren Runde Klatschmemory fuhr der Bus endlich in den Bahnhof ein. Lotta war kaum zu bändigen. So lang stillsitzen war einfach nichts für Maries kleinen Wirbelwind. Glücklicherweise war nicht allzu viel Betrieb auf dem Bahnsteig. Lukas wartete schon. Kaum hatte Lotta ihn entdeckt, rannte sie auch schon in seine Arme. Lily lief ebenfalls los. Marie war überglücklich, ihren Bruder zu sehen. Er war die einzige Konstante in ihrem Leben. Manchmal fürchtete sie, ihm mit ihrer Situation zu viel zu zumuten, doch immer wieder beschwichtigte er sie und meinte, dass irgendwann einmal die Zeit käme, in der sie für ihn da sein müsste. Und er liebte seine Nichten von ganzem Herzen. Kein anderer Mann hatte die beiden Mädchen so lieb, dass er sie ohne zu zögern überall mit hinnahm. Keine Frage war ihm zu peinlich, kein Lachen zu laut. Er war richtig stolz, wenn er mit ihnen unterwegs war. Kein anderer – außer Ben, schoss es Marie durch den Kopf. Sofort spürte sie einen Kloß im Hals. Sie sah ihn vor sich, wie er mit Lily und Lotta im Bett saß und so selbstverständlich Märchen vorlas, als könnte er sich nichts Besseres vorstellen, als am Samstagmorgen um sechs Uhr von zwei Kindern geweckt zu werden.

***

„Hallo, Kleine." Lukas umarmte seine Schwester innig, wobei sich das etwas schwierig gestaltete, da links und rechts an seinen Händen zwei Mädchen um seine Aufmerksamkeit buhlten. „Schön, dass ihr da seid. Ich habe euch so vermisst. Wie geht es euch?" Marie lächelte ihn an. Gemeinsam liefen sie Richtung Ausgang.

„Uns geht es gut. Die Fahrt war lang, aber wir haben viel gespielt und gelesen." Hier unterbrach Lily ihre Mutter.

„Weißt du, Ben kann nicht mitkommen. Er muss arbeiten und du hast ja auch nicht noch ein Zimmer frei. Aber er war ganz schön traurig. Mir fehlt er jetzt schon. Ich darf in seinem Büro malen. An einem richtig großen Schreibtisch." Lotta wollte nun nicht länger hintenanstehen.

„Ja, und Mama lacht ganz viel, wenn wir alle am Strand sind oder abends im Haus. Das klingt so schön. Ben bringt uns alle zum Lachen." Lukas zog fragend eine Augenbraue nach oben. Marie winkte ab. Später, bedeutete sie ihm. Nach einer kurzen Fahrt mit der U-Bahn erreichten sie Lukas Wohnung. Er hatte sich extra den Nachmittag freigenommen und so stellten sie nur schnell das Gepäck ab, um gleich wieder nach draußen zu gehen. Den Kindern würde ein wenig Bewegung guttun. Deshalb drehten sie eine kleine Runde durch den Park, mit kurzer Pause an der Eisdiele und langem Stopp am Spielplatz. Während Lily und Lotta buddelten, rutschten und tobten, ließen sich Lukas und Marie auf einer Bank nieder.

„Erzähl mal, wie geht es euch da oben an der Küste?". Marie überlegte kurz bevor sie sagte:

„Es geht uns gut. Wir fühlen uns wohl. Ben nimmt sich viel Zeit für die Mädchen. Ich weiß manchmal gar nicht, wann er seine Arbeit noch erledigen kann." Sie lachte kurz auf, fuhr dann fort: „Sie haben ihn ganz schön liebgewonnen." Lukas sah sie eindringlich an.

„Und du?"

„Was, und ich?" wollte Marie wissen.

„Hast du ihn auch ....hm...liebgewonnen?" Marie schüttelte den Kopf.

„Lukas, du bist unmöglich. Er ist mein Freund, immer schon gewesen." Lukas beobachtete sie.

„Marie, ich bin der Letzte, der dir vorschreiben würde, was du tun sollst. Wenn du glücklich bist, bin ich es auch. Sei ehrlich zu mir." Kurz darauf musste er jedoch einsehen, dass ein längeres Gespräch an diesem Tag schwierig werden würde. Zu lange hatten Lily und Lotta auf ihn verzichten müssen, als dass sie ihn jetzt gleich teilen wollten. Lukas beschloss, den Faden am nächsten Tag wieder aufzunehmen.

***

Den nächsten Tag verbrachten sie im Zoo. Stundenlang beobachteten sie Elefanten, Pferde, Affen und noch viel mehr Tiere, kletterten über alle Spielplätze und säuberten verschmierte Mädchenmünder von Ketchup und Eis. Lukas und Marie genossen die schöne Zeit. Lily schleppte ihren Rucksack den ganzen Tag selbst. Sie nahm ihn keine Minute ab. Als Marie am Morgen ein paar Kekse, etwas Obst und Getränke in ihrer Tasche verstaut hatte, war ihre Tochter mit ihrem eigenen Rucksack erschienen und hatte verkündet, dass diese unbedingt mitmüsse. Lotta wollte es ihrer Schwester gleichtun, doch sie warf ihren Rucksack gleich beim ersten Spielplatz in den Dreck und Marie hob ihn lächelnd auf. Obwohl Lukas´ Handy tagsüber immer wieder einmal klingelte, vertröstete er die Anrufer auf den nächsten Montag. Immerhin hatte er die letzten Wochen so viele Überstunden gemacht, dass er wohl zurecht Anspruch auf ein freies Wochenende erheben konnte. Außerdem konnte er am Wochenende vor Gericht sowieso nichts mehr erreichen. Müde und gesättigt von vielen tollen Eindrücken kehrten sie am Abend in seine Wohnung zurück. Mit einem Glas Hugo und seinem Bier setzte er sich neben Marie auf die Couch.

„Die beiden waren schon eingeschlafen, als ich sie zudeckte. Ich kam nicht mal dazu, meine Gute-Nacht-Geschichte zu erzählen. Lily hält ihren Rucksack immer noch umklammert. Ich konnte sie nicht überzeugen, ihn auf den Boden zu stellen. Was ist denn so Wichtiges drin?" fragte er. Marie lachte.

„Ach, eigentlich nur ihr Malzeug. Ben hat ihr vor ein paar Tagen neue Stifte und Papier mitgebracht. Und die trägt sie seitdem immer mit sich herum. Es gibt kaum einen Tag, an dem sie ohne diese Tasche unterwegs ist. Das gibt sich schon wieder. Es sind eben ihre Schätze. Vielleicht fühlt sie sich sicherer, wenn sie alles bei sich trägt, was ihr viel bedeutet." Lukas stimmte ihr zu. Es gab eindeutig schlimmere Eigenarten.

„Jetzt erzähl mal, wie geht es Ben? Ärgert er euch sehr? Hält er euch aus?" Lukas gluckste.

„Also wirklich." Gespielt entrüstet hatte seine Schwester ihm einen Rippenstoß verpasst. „Als ob wir so anstrengend wären! Er ist sehr nett zu uns. Er verbringt viel Zeit mit den Mädchen. Sie lieben ihn. Irgendwie fühlt es sich fast wie ein Zuhause an. So wie hier bei dir. Wir fühlen uns richtig wohl. Es ist nicht zu weit zum Strand, aber trotzdem nicht auf den bekannten Touristenpfaden gelegen. Ein richtig schönes kleines Städtchen. Die Leute dort sind sehr freundlich." Er betrachtete seine Schwester genauer. Sie wirkte wirklich glücklich, wenn sie so erzählte. Als seien Bens Haus und Stadt eine kleine Oase in ihrer chaotischen Welt. Lukas selbst staunte noch immer, wie lange sein Freund Marie und die Mädchen aufgenommen hatte. Eigentlich hatte er sich nur ein paar Tage erhofft, damit sie einen klaren Kopf bekamen. Doch nun waren sie schon ein paar Wochen dort und machten nicht den Eindruck als wollten sie so schnell wiederkommen.

„Wann kommst du zurück?" fragte er. Plötzlich blickte Marie schüchtern und schweigend auf das Glas in ihrer Hand. „Marie?" setzte er nach. Zögernd blickte sie ihm in die Augen.

„Also, eigentlich wollte ich gar nicht wieder hierherkommen." Als sie den Blick ihres Bruders sah, schwächte sie ihren Satz ab: „Zumindest vorerst nicht. Ich würde mit den Mädchen gern noch eine

Weile dortbleiben. Und damit du nicht auf falsche Gedanken kommst, ich werde mir eine eigene Wohnung suchen. Die Gegend ist so wunderschön. Lotta liebt es, dass sie einfach die Tür aufmachen und in einen großen Garten gehen kann. Es gibt kaum Verkehr und wir sind jeden Tag draußen." Nachdem er einen Schluck getrunken hatte, hakte Lukas nach:

„Ok, also wollt ihr zunächst in Binz bleiben. Gut. Wie stellst du dir das vor?"

„Ben hat mir einen Job angeboten. Seine Assistentin hat vor einer Weile gekündigt. Er sagte, er könnte etwas Unterstützung gut brauchen. Ich würde das wirklich gern machen, Lukas. Ich habe noch nie einen normalen Job gehabt. Ich möchte es wirklich gern versuchen. Außerdem würde ich nur so lange arbeiten wie Lily und Lotta im Kindergarten sind. Und ich möchte sie mittags wieder abholen. Das alles habe ich mit Ben schon besprochen. Es wäre ideal." Lukas nickte.

„Ich sehe, du hast das wirklich gut durchdacht. Dann freue ich mich für dich. Obwohl ich es wirklich sehr schade finde, dass ihr drei so weit weg seid. Wann geht es los?" Ein Lächeln überzog Marie´s Gesicht während sie Lukas nun berichtete, welche Details sie mit Ben abgesprochen hatte und dass Lily und Lotta regelrecht begeistert von der Idee waren. Im weiteren Verlauf tauschten sie sich noch über Lukas` Job aus, der ihn gerade sehr forderte. Dennoch war es genau das, was ihm Freude machte. Und Menschen zu beraten und vor Gericht zu vertreten war eine Herausforderung, der er sich gerne täglich neu stellte. Die Aussicht darauf, Partner in seiner Kanzlei zu werden, trieb ihn an.

***

Am nächsten Morgen machte Marie sich schweren Herzens in ihre alte Wohnung auf. Lukas hatte sich vorgenommen, mit den Mädchen einige notwendige Arbeiten in seiner Wohnung vorzunehmen. Im Gegenzug hatte er ihnen versprochen, einen ausgiebigen Spaziergang durch den Stadtpark zu unternehmen.

***

Es war gut, dass die beiden nicht mitkamen, dachte Marie. Sie selbst fühlte sich seltsam, als sie den Schlüssel ins Schloss steckte. Diese Wohnung war viele Jahre lang ihr Heim gewesen. Sie fürchtete, dass die Rückkehr alte Wunden bei den Mädchen aufreißen könnte. Für sie stand fest, dass das hier nicht länger ihr Zuhause sein sollte. Sie wollte klar Schiff machen, sich von alten Dingen trennen und nur Herzensdinge mit an die Küste nehmen. Im Flur musste sie erst einmal tief durchatmen, bevor sie sich auf den Weg ins Wohnzimmer machte. Fast zwei Stunden lang sortierte, sammelte und packte sie Klamotten, Spielsachen und Haushaltsgegenstände zusammen. Sie wollte das Notwendigste in Kisten verstauen, die Lukas dann mitsamt der wenigen Möbel in einem Transporter nach Binz bringen würde. Im oberen Regal im Flur fielen ihr zwei Kisten auf, die sie nicht genau einordnen konnte. Mit einem Stuhl angelte sie sie herunter und entdeckte die „Schatzkisten" der Mädchen. Alle ihre Kunstwerke hatte sie hier gesammelt. Zahllose Regentage hatten sie damit verbracht, bei Tee und Keksen ausgedachte Bildergeschichten zu gestalten, Fundstücke zusammenzukleben oder mit Stempeln zu experimentieren. Erinnerungen an gemeinsame Ausflüge waren ebenso darin zu finden wie einzelne Fotos, leere Schneckenhäuser oder trockene Nudeln. Jedes Stück barg eine eigene Geschichte. Marie genoss die Stille und die Erinnerungen. Als sie mit zwei Koffern voller Kleidung und Büchern beladen die Wohnung verließ, wusste sie, dass es für immer sein würde. Dennoch empfand sie Vorfreude auf den neuen Lebensabschnitt, trotz der noch offenen Fragen. Aber eine Wohnung würde sie auch noch finden. In zwei Wochen mussten ihre Möbel hier weg sein. Die Vermieterin hatte sich zu einer Sonderkündigung bereit erklärt. Das hatte wahrscheinlich weniger an Marie gelegen als vielmehr daran, dass ihre eigene Nichte auf Wohnungssuche war. Trotzdem war Marie dankbar, dass sie so schnell aus dem Mietvertrag aussteigen konnte.

***

Lukas stöhnte. Obwohl die Zeit mit seinen Nichten wunderschön gewesen war, spürte er nach der wenigen handwerklichen Arbeit am Morgen deutlich, dass er dringend mehr für seine Fitness tun sollte. Die viele Arbeit der vergangenen Wochen hatte ihn von einem regelmäßigen Training abgehalten. Dagegen würde er in nächster Zeit ganz dringend etwas tun müssen. Als Marie bereits kurz nach Mittag wieder zurückgekommen war, hatte sie sehr erschöpft, aber auch zufrieden ausgesehen. Es wäre ihm lieber gewesen, er hätte bei ihr sein können, als sie die Wohnung entrümpelte. Zu viele Erinnerungen an ihren Mann waren dort noch lebendig und er hoffte, es ginge ihr gut. Aber für die Mädchen wäre das Zurückgehen vermutlich noch viel schwerer gewesen. Leider hatte ihn nach dem gemeinsamen Essen ein Notruf auf der Kanzlei erreicht, den er trotz Sonntag nicht ignorieren konnte. Aus diesem Grund hatte er doch noch ins Büro fahren müssen. Das war nun schon 6 Stunden her und seine Nichten waren mittlerweile sicher schon im Bett. In seinem Wohnzimmer brannte jedoch noch Licht. Marie saß auf der Couch, vor sich eine Tasse Tee. Die Weinflasche daneben war schon geöffnet. Auf ihren Beinen lag ein Fotoalbum. Ihre Wangen waren tränennass. Erschrocken eilte Lukas zu ihr. Ein zartes Lächeln umspielte Marie's Lippen als sie zu ihm aufblickte. Als er erkannte, was sie da ansah, verstand er. Ihr Hochzeitsalbum lag aufgeschlagen vor ihr. Das Bild zeigte ein verliebtes Paar, das sich lächelnd umarmte. Carlos und Marie waren ein so schönes Paar gewesen. Sie liebten sich von Herzen und waren bereit, füreinander einzustehen. Sicher hatte es auch bei ihnen Streit gegeben, aber Lukas hatte vom ersten Moment an gewusst, dass er seine Schwester keinem besseren Mann hätte anvertrauen können. Carlos hatte sie geliebt – mehr als sein Leben. Marie schluchzte als er sie in den Arm nahm.

„Weißt du, ich habe es jetzt erst verstanden, Lukas. Ich weiß, dass er tot ist, aber heute habe ich begriffen, dass ich noch immer auf ihn warte. Es fühlt sich immer noch so unwirklich an. Er kann doch nicht einfach weg sein. Seine Töchter brauchen ihn. ICH brauche ihn. Er kennt Lotta noch nicht einmal. Er wäre so stolz auf seine Mädchen, oder?" Lukas zerriss es das Herz.

„Ja, das wäre er. Er wäre stolz auf so wunderhübsche und kluge Kinder. Aber ich glaube, am meisten stolz wäre er auf dich. Carlos würde alles geben, um bei dir zu sein, das weißt du, oder? Der einzige Trost, den ich dir bieten kann, ist die Gewissheit, dass ihr ihn im Himmel wiederseht. Aber hier auf der Erde wirst du ihm nicht mehr begegnen."

„Aber ich will ihn nicht loslassen. Ich habe Angst, ihn zu vergessen. Ich habe Angst, dass die Mädchen ihren Vater vergessen, so als habe es ihn nie gegeben. Das wäre nicht fair." Die Tränen flossen in einem Strom über Marie's Gesicht. Fair? Nein, es war alles andere als fair, das empfand auch Lukas so. Aber das würde seiner Schwester nicht helfen.

„Du hast recht. Sie werden ihn nicht vergessen. Du kannst sie erinnern, kannst ihnen erzählen von seinem Lachen, seinen Witzen und euren Träumen. Du kannst deinen Töchtern sagen, dass ihr Vater sie über alles liebte und im Himmel auf sie wartet. Ihr könnt Fotos anschauen und euch gemeinsam erinnern. Carlos wird immer zu euch gehören. Weder die Zeit noch sonst irgendetwas kann ihn euch nehmen. Aber du hast recht, du musst ihn gehen lassen. Du darfst nach vorne schauen. Die Trauer und Sorge soll nicht den Sieg davontragen." Eine ganze Weile lang blätterten sie Seite um Seite um, lachten, weinten und erinnerten sich. Schließlich war Marie ruhig und das Lachen kam ehrlich aus ihrem Herzen. Lukas wollte wissen: „Wie geht es euch in da oben im Ostseebad?" Marie trank einen Schluck Wein bevor sie antwortete.

„Gut. Es geht uns wirklich gut. Lily hat sich sehr gut eingelebt. Bens Nachbarin hat einen Enkel, der etwa in ihrem Alter ist. Wann immer er zu Besuch ist, ziehen die beiden durch die Gärten und erleben Abenteuer. Manchmal spielen sie Prinz und Prinzessin, manchmal töten sie Drachen und an anderen Tagen züchten sie Pferdeherden, die so groß sind, dass das ganze Meer nicht ausreicht, um sie alle zu baden. Es ist schön, sie so zufrieden spielen und träumen zu sehen. Ich habe lange befürchtet, sie hätte das schon früh verlernt. Jeden Abend schleicht sie sich um sechs in Bens Büro. Zu dieser Zeit stehen keine Termine mehr an und er arbeitet noch auf, was liegengeblieben ist. Sie setzt sich schweigend an seinen Schreibtisch und holt ihre Malsachen aus dem Rucksack. Schweigend sitzen sie sich dann gegenüber und sind ganz vertieft. Danach kommen sie strahlend nach oben und wir essen gemeinsam. Diese Zeit mit Ben ist Lily so wichtig, dass sie sogar das Fernsehen ausfallen lässt. Er meint, sie ist ein echtes Zeichentalent. Manchmal entwerfen sie gemeinsam Häuser für all die Kuscheltiere und Puppen, die Lily besitzt. Lotta ist auch glücklich. Sie genießt das Toben am Strand, die Abenteuergeschichten, die Ben ihr erzählt und vor allem die Momente, in denen sie mit ihm irgendwelche Reparaturen am Haus vornehmen kann. Ihr Mund steht nie still, wenn er dabei ist und immer hört er geduldig zu. Wir haben einen wunderschönen Kindergarten gefunden und ich bekomme die Gelegenheit, eigenes Geld zu verdienen." Lukas lächelte, weil er sich nur zu gut vorstellen konnte, was Marie da beschrieb.

„Aber was ist mit dir?"

„Mit mir?" fragte Marie nach.

„Ja, wie geht es dir?" hakte ihr Bruder nach. Marie erhob sich. Die Lichter der Großstadt blinkten lebendig ins Zimmer. Eng schlang sie ihre Arme um sich während sie nach draußen blickte. Wie sie da so stand, wirkte sie einsam, verloren und traurig. Lukas trat zu ihr. Seine Arme umschlossen sie. „Hey Kleine, ich will, dass du glücklich bist. Ich habe heute gesehen, dass du die Freude am Leben wiedergefunden hast. Deine Augen strahlen, wenn du erzählst was du mit den Mädchen machst. Oder was die Mädchen mit Ben erleben. Du machst wieder Pläne, hast Ideen, Träume und Ziele. Ich hatte befürchtet, dass das nie wieder so sein würde. Und auch wenn ich denke, dass schon der Ortswechsel an sich einiges bewirkt hat, werde ich den Eindruck nicht los, dass Ben ebenfalls einen großen Anteil an der Veränderung hat. Ich frage mich, was er dir bedeutet." Marie blickte zu ihm auf.

„Lukas, meinst du nicht, dass es noch etwas früh für mich ist, in diese Richtung zu denken? Ich weiß nicht, ob ich jemals in der Lage sein werde, wieder solche Gefühle für einen Mann zu empfinden." Lukas blickte seiner Schwester tief in die Augen. Er hatte diesen „Ich-hab-dich-durchschaut-Blick" aufgelegt, dem Marie noch nie hatte widerstehen können. Seufzend strich sie eine Haarsträhne aus ihrem Gesicht. „Ok, ich gebe es zu. Ich hatte schon immer eine Schwäche für ihn. Als ich mitten in der Pubertät steckte, fiel mir auf, dass alle Mädchen meiner Klasse ganz glasige Augen bekamen sobald sie Ben sagen. Irgendwann stellte ich fest, dass Ben wirklich gut aussah. Ich träumte davon, dass er irgendwann erkennen würde, dass ich zu einer schönen Frau herangewachsen war. Ich hoffte sogar, er würde sich in mich verlieben. Das ist jedoch nie passiert. Er war immer für mich da, wie ein zweiter großer Bruder. Nach meinem misslungenen Abschlussball startete ich einen letzten Versuch. Mir war klar geworden, dass er der einzige Mann war, dem ich mein Herz schenken wollte. Auf jeden Fall kam ich durchnässt und frierend in Bens Wohnung an. Er war völlig überrascht, bat mich aber herein." Bei der Erinnerung an die Geschehnisse der damaligen Nacht versteifte Lukas sich etwas, sagte jedoch nichts dazu. Marie fuhr fort. „Nachdem ich ihm also erzählt hatte was vorgefallen war, nahm er mich tröstend in die Arme. Ich nahm all meinen Mut zusammen und küsste ihn auf den Mund. Erst stand er still da, dann jedoch schob er mich zurück. Er meinte, es sei besser, wenn ich jetzt duschen würde. Anschließend gab er mir eine Tasse heißen Tee und ich schlief in seinem Bett ein während er auf dem Sofa Stellung bezog. Nie wieder haben wir über diese Situation gesprochen. Ich nehme an, es war ihm noch peinlicher als mir." Da sie ihrem Bruder noch nie davon erzählt hatte, blickte Marie nun ein wenig zögerlich zu ihm auf. Seine Kiefermuskeln waren angespannt, doch sonst verriet nichts seine Gefühlslage. Marie schluckte kurz. „Naja, den Rest kennst du. Ein paar Wochen später waren wir auf einer Party. Ich hörte ein Gespräch zwischen Ben und einem Kumpel, in dem er sagte, ich sei nicht ‚so eine Freundin'. Da wurde mir klar, dass meine Gefühle nur eine Mädchenschwärmerei war und er sie nicht im Geringsten erwiderte. Ich wusste, ich brauchte dringend Abstand. Er war ein wunderbarer Freund, auf den ich mich immer verlassen konnte, aber als Frau würde er mich niemals sehen. Also ging ich zum Studium nach München, um einen möglichst großen geographischen Abstand zwischen uns zu bringen. Ich studierte Journalismus und redete mir ein, ich wäre über Ben hinweg. Am Tag der Übergabe der Zwischendiplome stand Ben plötzlich vor mir. Wir gingen essen, tanzten, trafen uns mit meinen Kommilitonen und redeten die ganze Nacht. Tatsache war, dass ich immer noch etwas für ihn empfand. Und ich tue es nach wie vor. Er bringt mich zum Lachen, hört mir zu und nimmt mich ernst. Ich fühle mich wohl in seiner Gegenwart. Aber ich weiß auch, dass Ben in mir immer deine Schwester sehen wird. Jetzt im Moment reicht mir das." Marie versuchte sich an einem zuversichtlichen Lächeln. Lukas drückte einen Kuss auf ihre Stirn.

„Egal, was du tust, ich stehe hinter dir. Ben ist ein wunderbarer Mann. Er würde dir niemals wehtun. Aber für heute bin ich froh, dass du wieder lachen kannst."

***

Nachdem Marie ins Bett gegangen war, setzte Lukas sich an den Küchentisch. Zögernd schob er sein Handy hin und her. Die Uhr der Mikrowelle zeigte mittlerweile 1.43 Uhr als er endlich wählte. Es klingelte ein paar Mal, bevor am anderen Ende abgehoben wurde.

„Hm?" kam es verschlafen. Lukas spürte einen Kloß im Hals.

„Ben, entschuldige die späte Störung. Ich habe nur eine Frage."

„Eine Frage? Kurz vor zwei Uhr nachts? Ich hoffe, es ist wirklich dringend." Ben rieb sich die Augen und setzte sich verschlafen auf.

„Ben, bitte sag mir, was am Tag von Marie's Abschlussball geschehen ist." Aus dem Hörer kam ein ungläubiges Zischen.

„Du rufst mich mitten in der Nacht an, um über den Abschlussball vor zwölf Jahren zu reden? Wir haben das doch alles schon oft genug durchgekaut."

„Bitte Kumpel, ich kann es dir jetzt nicht erklären, sag es mir einfach." Resigniert seufzte Ben.

„Ich hoffe, du hast einen wirklich guten Grund dafür, mich deswegen aufzuwecken. Also, das war so, Marie stand pitschnass und aufgelöst vor meiner Tür. Ich gab ihr trockene Kleider und nachdem sie sich ausgeweint hatte, schlief sie ein. Ich habe dich angerufen und wir beschlossen, dass es gut wäre, wenn sie eine Weile bei mir bliebe, um dem Typen nicht wieder zu begegnen. Und das war es." Lukas wartete, in der Hoffnung, Ben würde fortfahren. Doch nichts geschah.

„Mehr nicht? Das war alles?" Ben schwieg.

„Das war alles, was du wissen musst." Lukas lachte.

„Ja, das habe ich mir schon gedacht. Eine Frage habe ich aber noch: Was empfindest du für meine Schwester?" Nun hustete Ben erschrocken auf. Das hatte er nicht erwartet. Lukas ergänzte: „Was ich wissen will, ist folgendes: Was siehst du in ihr?"

„Mann, es ist eine super Idee, mich nachts aus dem Bett zu holen, um mich nach mehr als 20 Jahren, die wir uns mittlerweile kennen, darauf hinzuweisen, dass du Marie's Bruder bist und ich mich benehmen soll." Er lachte leise. „Hör zu, es ist wunderschön, die Drei hier zu haben. Mein Haus ist voller Leben und Lachen seit sie hier sind. Ich liebe das gemeinsame Essen, die Gespräche mit deiner Schwester. Ich liebe deine Schwester." Nur zögerlich verließen diese Worte seinen Mund. Obwohl er sich dieser Gefühle schon lange bewusst gewesen war, war es eine ganz andere Sache, diese seinem besten Freund gegenüber auszusprechen. „Puh, ich bin froh, dass das jetzt endlich raus ist. Weißt du, ich liebe deine Schwester schon ziemlich lange. Sie ist wunderschön, clever und eine tolle Frau. Nach dem Abschlussball küsste sie mich. Das verwirrte mich. Ich hatte mich so lange danach gesehnt und dann wurde es Wirklichkeit. Aber ich hatte Angst, dass sie nicht mich, sondern diesen Typen vom Ball meinte. Ich meine, sie kannte mich damals schon so lange und ich war für sie immer wie ein Bruder gewesen. Wie konnte sie plötzlich etwas anderes in mir sehen?" Lukas schloss die Augen und atmete tief durch.

„Warum hast du es ihr nie gesagt?"

„Lukas, sie war achtzehn! Sie sollte sich mit Gleichaltrigen treffen. Sie war zu gut für mich. Marie hatte einen besseren Mann verdient als mich. Sie sollte nicht am besten Freund ihres Bruders hängenbleiben." Als wäre ihm eine Last von den Schultern genommen worden, stieß Ben die Luft aus. Die nächste Frage seines Freundes überraschte ihn.

„Was wäre, wenn du genau das bist, was sie immer wollte? Wenn du DER bist, den sie immer wollte?" Lukas konnte ein entnervtes Schnauben am anderen Ende der Leitung hören.

„Sie war ein Kind, zart, süß, unschuldig und deine Schwester. Damit war sie tabu für mich. Und dann war irgendwann Carlos da. Egal, was ich für sie empfand und egal, was für einen Mist ich sonst gebaut habe, aber ich hätte mich niemals in eine Beziehung gedrängt. Und jetzt entschuldigst du mich bitte. Ich muss dringend etwas schlafen. In nicht einmal sechs Stunden habe ich ein Treffen mit einem Kunden, von dem wirklich viel für mich abhängt."

***

Nachdem sie beide aufgelegt hatten, saß Lukas noch lange am Tisch. Er versuchte eine Lösung zu finden, doch es wollte ihm keine einfallen. Auch Ben fand keinen Schlaf mehr in dieser Nacht. Gähnend kochte er sich einen starken Kaffee, in der Hoffnung, sein Verstand käme dadurch in Gang. Es gab noch viel zu tun, bevor er zum Treffen mit Herrn Petersen aufbrechen konnte. Es war ihm schon vor Jahren wichtig geworden, alle Akten und Entwürfe vor Kundenterminen noch einmal gründlich zu studieren. Heute war nicht der richtige Tag, um mit dieser Gewohnheit zu brechen. Dennoch kostete es ihn alle Kraft, seine Gedanken auf die anstehende Arbeit zu fokussieren. Zu viele Gefühle und Erinnerungen waren durch das Gespräch mit Lukas wieder lebendig geworden. Und noch eine Erinnerung stürmte unaufhaltsam auf ihn ein. Als Marie die erste Hälfte ihres Studiums abgeschlossen hatte, hatte Lukas beschlossen, sie mit einem Überraschungspartyurlaub zu überraschen. Er hatte Ben gefragt, ob sie sich mit ein paar Freunden aus der eigenen Studienzeit, aber auch Marie`s Kommilitonen treffen wollten, um endlich einmal wieder ein paar gemeinsame Tage miteinander zu verbringen. Diese war dank der teils großen Entfernung zwischen den Studienorten sehr selten und kostbar geworden. In einem kleinen, verschlafenen Ort an der Küste besaß Ben's Familie seit langem ein kleines Häuschen, in dem sie alle mit ihren Schlafsäcken ausreichend Platz finden würden für ein verlängertes Wochenende. Ben hatte sofort zugestimmt. Das

schöne Wetter im August und die lauen Sommer-
abende waren Balsam pur und bewirkten die von
allen so dringend benötigte Erholung. Bereits am
zweiten Tag bemerkte Lukas jedoch, dass Ben sich
mehr und mehr zurückzog und seiner Schwester
regelrecht aus dem Weg ging. Er beschloss, dieses
seltsame Verhalten später zu ergründen. Heute
Abend stand erst noch eine Grillfeier an. Sollte sein
bester Freund sich weiterhin so seltsam verhalten,
müsste er dringend ein Gespräch mit ihm führen,
aber dazu war noch genügend Zeit. Wenig später
erklang im ganzen Haus Musik, es duftete herrlich
nach Grillfleisch und überall war Gelächter zu hören. Marie begegnete auf ihrem Weg nach unten
einem Mädchen aus Bens Studienjahrgang. Ihr
Kleid war kürzer als es noch den Begriff „Kleid"
verdient hätte. Unter all den Make-Up-Schichten
konnte man keinen Zentimeter natürliche Haut
mehr sehen und ihren Mund zierte ein unangenehm roter Lippenstift. Mitleidig blickte sie Marie
an, die sich in ihren Shorts und dem Top vergleichs-
weise langweilig vorkam. Ben begegnete sie erst
wieder, als sie mit einem Brötchen samt leckerem
Steak im Garten saß und die Sterne beobachtete. Die
Unbekannte klammerte sich an ihn und kicherte al-
bern in sein Ohr. Stoisch und eher gelangweilt
blickte er sich um. Seine Hand umklammerte eine
Bierflasche. Als seine Augen durch den Garten
schweiften und Marie erblickten, verstärkte er diesen Griff noch, bis seine Fingerknöchel weiß hervor-
traten. Marie atmete tief durch, bevor sie zurück ins

Haus ging. Sie würde sich von ihm nicht die freie Zeit verderben lassen. Egal welchen Stress er hatte, sie würde sich nicht länger von seinem abweisenden Verhalten herunterziehen lassen. Sie hatte sich in den letzten beiden Tagen wirklich Mühe gegeben, an die Vertratutheit ihrer jahrelangen Freundschaft anzuknüpfen, aber er hatte es ihr sehr schwer gemacht. Vielleicht schleppte er ein Problem mit sich herum, dass ihm keinen freien Gedanken ließ. Sicher würde er das Gespräch wieder suchen, wenn er eine Lösung gefunden hatte. Kurz darauf tanzte sie glücklich über den Holzboden im Wohnzimmer und genoss es, sich im Takt der Musik zu bewegen.

***

Diese Nervensäge würde wohl niemals Ruhe geben, dachte Ben genervt. Wie sehr ihn dieses alberne Getue anödete. Er hatte noch nie verstanden warum sich Frauen so dermaßen viel Kleister ins Gesicht schmierten bis sie nicht mehr als menschliche Wesen zu erkennen waren, sondern eher wie Puppen wirkten. Er hoffte, er hatte sie nun ausreichend gelangweilt und könnte sich endlich entspannen. Aus diesem Grund ging er ins Haus zurück. Allerdings stellte sich das schnell als Fehler heraus, denn als er das Wohnzimmer betrat, fiel sein Blick sofort auf Marie, die völlig selbstvergessen zur Musik aus den Boxen tanzte. Ihre Haare fielen ihr ins Gesicht und ihre Augen waren geschlossen—fast als gäbe es nur sie und den Rhythmus. Wie gelähmt blieb er stehen. Es war einfach unmöglich, wegzusehen geschweige denn wegzugehen. Ihr Anblick zog sie in seinen Bann und er konnte sich einfach nicht losreißen. Einige Minuten genoss er es, ihr aus der Distanz zuzusehen. Dann jedoch öffnete sie die Augen, erblickte ihn und erstarrte mitten in der Bewegung. Gerade als sie Anstalten machte, den Raum zu verlassen, setzte er sich in Bewegung. Er konnte sich nicht erinnern, diesen Entschluss gefasst zu haben, aber irgendetwas zog ihn magisch in Marie's Nähe. Er griff nach ihrem Handgelenk und wartete bis sie ihren Widerstand schließlich aufgab. Nach kurzem Zögern drehte sie sich zu ihm um. In ihren Augen blitzte Zorn auf.

„Was willst du?" knurrte sie. Er konnte es ihr wirklich nicht verdenken nachdem er sie in den vergangenen Tagen so mies behandelt hatte. Er hatte auch keine Erklärung für sein Verhalten. Es war zuckersüß und gleichzeitig unerträglich gewesen, sie die ganze Zeit zu sehen. Nun hielt er ihre Hand und zog sie einen kleinen Schritt auf sich zu.

„Tanz mit mir" flüsterte er. Als sie nicht reagierte, fügte er ein „Bitte, Marie, nur einen Tanz." hinzu. Zweifelnd schaute sie ihn an, dann jedoch gab sie nach. Er legte seinen Arm um sie und gemeinsam wiegten sie sich sanft im Takt der Musik. Ben atmete tief aus. Er konnte sein Glück kaum fassen. Endlich fühlte er sich wieder wohl. Die Zerrissenheit der letzten Tage war wie weggeblasen. In Marie's Gegenwart fühlte er sich wie der Mann, der er so gern sein würde. Sie gab ihm den Eindruck, ein

Held zu sein. Alle seine Fehler, alles, was er bis jetzt schon vermasselt hatte in seinem Leben, zählte bei ihr nicht mehr. Als er mit seiner freien Hand durch ihre Haare fuhr, um ihren typischen Geruch noch deutlicher zu riechen, blickte sie ihm direkt in die Augen. Er sah den Schmerz, den er ihr zugefügt hatte, aber er sah auch Vertrauen und Zuneigung. Sie würde immer noch zu ihm halten obwohl er sich so schäbig verhalten hatte. Wie hatte er sie verdient? In diesem Moment durchzuckte ihn die Erkenntnis wie ein Blitz: Sie war die Eine. Die, der sein Herz gehörte. Die eine von 8 Milliarden Menschen, die sein Herz schneller schlagen ließ und mit der er alt werden wollte. Ihr Lächeln ließ ihn dahin schmelzen. Niemals zuvor hatte er so für eine Frau empfunden. Er war kein Weiberheld, konnte aber doch auf einige Erfahrungen in Beziehungen zurückblicken. Die Gefühle, die er jetzt empfand, waren ihm jedoch fremd. Er wusste, er würde alles tun, um sie glücklich zu sehen. Nachdem sie vor einigen Jahren nach ihrem Abschlussball sehr wütend seine Wohnung verlassen hatte, war der Kontakt zu ihm mehr oder weniger eingeschlafen. Die Sehnsucht hatte ihn seitdem fast durchdrehen lassen und mehr als einmal war er kurz davor gewesen, zum Telefon zu greifen und sie einfach anzurufen. Nur einmal ihre Stimme, ihr Lachen hören. Als er sie nun im Haus seiner Eltern wiedergesehen hatte, war das ein Schock gewesen. Ja, er wusste, dass diese Tage hier als Anerkennung für ihre Leistungen im Studium gedacht waren und er ihr demzufolge natürlich auch begegnen würde. Aber er war nicht darauf gefasst gewesen, welche Wirkung sie nach wie vor auf ihn hatte. Sie hatte sich verändert, war noch mehr zur Frau gereift. Damals hatte er sich geschworen, ihr nie mehr weh zu tun. Während er sie nun im Arm hielt, musste er sich jedoch der Wahrheit stellen. Marie würde in ihm immer einen großen Bruder sehen. Seine Gefühle, seine Sehnsucht nach ihr könnte sie ganz sicher nicht verstehen. Und sein verräterisches Herz hatte die Hoffnung immer noch nicht aufgegeben. Egal was er tun würde, er könnte niemals ihren Wertmaßstäben gerecht werden. Sie war beinahe eine Heilige und er… Urplötzlich ließ er Marie los und rannte beinahe aus dem Raum. Sie stolperte und blickte irritiert um sich. Was sollte das denn? Hatte Ben sie ehrlich schon wieder einfach stehen lassen? Sie konnte es nicht fassen. Was musste denn noch passieren, damit sie es endlich glaubte: Sie war nur Lukas' kleine Schwester für ihn. Sie würde ihn sich ein für alle Mal aus dem Kopf schlagen müssen. Überwältigt von ihrer Enttäuschung rannte sie aus dem Haus. Lukas, der sie beobachtet hatte, folgte ihr. Tränenüberströmt fand er sie schließlich direkt am Wasser.

„Hey, komm her, was ist denn los?" fragte er. Marie schluchzte und klammerte sich haltsuchend an ihn.

„Ich verstehe es einfach nicht. Was ist passiert? Warum ist Ben so gemein zu mir? Er hat mich einfach stehen lassen. Gerade eben noch tanzten wir miteinander und im nächsten Moment schiebt er mich kommentarlos weg und geht. Bin ich denn so abstoßend? Ich dachte immer, er wäre auch mein Freund, aber im Moment habe ich nur den Eindruck, ihm Last zu sein oder als würde ich ihn tierisch nerven."

„Ich habe keine Ahnung was mit ihm los ist, ehrlich. Es tut mir leid, dass er dich so behandelt und ich verspreche, ich werde mit ihm reden. Aber glaube mir, er war immer auch dein Freund und er wird auch immer dein Freund sein. Vielleicht hat er Stress oder Ärger. Es hat jedenfalls ganz sicher nichts mit dir zu tun. Du bist nicht abstoßend, du bist wunderbar, Marie." Zärtlich drückte Lukas ihr einen Kuss auf die Stirn. Er begleitete sie zurück ins Haus, wo sie sich in eine dunkle Ecke des Gartens zurückzog.

***

Lukas jedoch machte sich auf die Suche nach Ben. Nach einiger Zeit fand er ihn auf dem Basketballplatz, der etwa einen Kilometer vom Haus entfernt lag. Noch immer in seiner Partykleidung, die aus Jeans und einem legeren Kurzarmhemd bestand, prellte er den Ball vor sich her. Der Schweiß tropfte ihm von der Stirn, das Hemd war bereits nassgeschwitzt. Wenn Lukas ehrlich war, sah es weniger nach einem Spiel als einem Kampf aus. Wenn er mit seinem Freund ein klärendes Gespräch führen wollte, musste es ihm gelingen, ihn aus dieser Anspannung zu holen. Stöhnend ging er auf ihn zu und stieg kommentarlos in das Spiel ein. Mehr als eine halbe Stunde lang lieferten sich die beiden ein bedingungsloses Match, in dem keiner dem anderen auch nur ein Stück entgegenkam. Schließlich jedoch sackte Ben völlig entkräftet unter dem Korb zusammen. Die Luft entwich seinen Lungen nur noch zischend. Keuchend ließ sich Lukas neben seinem Freund auf den Boden sinken.

„Ey, Kumpel, was ist los?" Ben legte seine Arme auf die Knie und ließ den Kopf darauf sinken. Nur abgehackt konnte er die Worte

„Ich hab mich wie ein Scheißkerl benommen." hervorpressen. Lukas gluckste.

„Ich kann dir nicht widersprechen." sagte er und stieß Ben seinen Ellenbogen in die Seite. Dieser lachte trocken auf. Ein angespanntes schiefes Lächeln erschien. Resigniert wischte er sich den Schweiß aus dem Gesicht.

„Du bist mein bester Freund und wir haben immer alles geteilt. Ich habe mich so gefreut, dieses Wochenende mit dir, aber auch mit Marie hier verbringen zu können, wie in alten Zeiten. Das klang zu schön um wahr zu sein. Wie du weißt, habe ich sie in den letzten Jahren kaum noch gesehen. Nach der Geschichte mit ihrem Abschlussball ist sie mir aus dem Weg gegangen und ich habe nichts getan, um die Distanz zu überbrücken. Ich war mir so sicher, dass die Trennung uns beiden geholfen hatte und wir wieder normal miteinander umgehen könnten. Als ich sie wiedertraf, war das einfach unglaublich. Sie war noch schöner geworden, so klug wie immer und es war als bebte die Erde um mich herum." Lukas wand sich ein wenig unbehaglich. Es war eine seltsame Situation, in der sie beide sich befanden. In früheren Zeiten hatten sie häufig Gespräche über Frauen geführt, aber dass es sich nun um seine eigene Schwester handelte, fühlte sich doch ein bisschen seltsam an. Weil ihm keine passenden Worte einfielen, nickte er lediglich zustimmend. Ben verstand das Zeichen und fuhr fort.

„Naja, sie hatte ihre Wirkung auf mich in all den Jahren nicht verloren. Das machte mir Angst. Ich kann gar nicht sagen wie peinlich mir das ist. Sie ist deine Schwester und seit vielen Jahren meine Freundin. Aber ich kriege sie nicht aus meinem Kopf... Wenn sie mich ansieht, steht die Erde still und ich kann keinen klaren Gedanken mehr fassen. Ich bin nach der langen Zeit immer noch verliebt. Ich will das nicht, weil es sich wie Verrat an dir anfühlt, aber ich scheine machtlos zu sein. Sie ist ein Sonnenschein und hat nur das Beste verdient und das …". Er schluckte. Lukas beendete seinen Satz:

„Du denkst, dass du das unmöglich sein kannst, was?" Kopfschüttelnd wandte er sich nun direkt an Ben. „Hör mal, das hier, das ist irgendwie … nun, seltsam. Aber wenn es einen Mann gibt, dem ich meine Schwester anvertrauen könnte, ohne jede

Angst, dass er sie verletzt, dann bist du das. Ich kenne keinen treueren, zuverlässigeren Mann als dich. Du warst sowohl für mich als auch für sie da, als wir dringend Hilfe brauchten. Dass du sie liebst, ist mir schon länger klar. Was ich nicht verstehe, ist, warum du noch nichts unternommen hast. So zögerlich kenne ich dich gar nicht. Du bist doch sonst eher ein Draufgänger." Ben lehnte sich zurück und stütze sich nun auf den Unterarmen ab.

„So jemanden hat sie nicht verdient. Sie ist einmalig und braucht einen Partner, der sie über alles stellt."

„Findest du nicht, dass das genau das ist, was du tust? Ich meine, du gestehst ihr deine Gefühle nicht, aus Angst, sie damit zu verletzen. Vielleicht tut es ihr mehr weh, wenn du dich so abweisend und kühl verhältst wie du es in den letzten Tagen getan hast." Lukas hatte seine Worte vorsichtig gewählt. Auf keinen Fall wollte er zu viel von dem preisgeben, was Marie ihm anvertraut hatte. Ben zögerte bevor er antwortete.

„Ich weiß, das war idiotisch. Aber ich habe das Gefühl durchzudrehen, wenn sie mich mit ihren blauen Augen anhimmelt und versucht, die Last der Welt zu tragen, nur damit es allen anderen gut geht. Sie ist so selbstlos und opfert sich für alle auf, ohne auch nur einmal an ihren Vorteil zu denken. Ihre Gedanken sind rasiermesserscharf und ihr Sinn für Humor reißt mir immer wieder den Boden unter den Füßen weg. Von ihrem Aussehen will ich jetzt mal gar nicht reden. Das wäre mir dann doch zu peinlich." Er lächelte. Lukas erwiderte das Lächeln und nickte dankend. „Ich dachte, wenn ich sie nicht beachte, würde sie auch das Interesse verlieren und mir aus dem Weg gehen. Dabei habe ich übersehen, dass sie ein Gespür dafür hat, wenn jemand Sorgen hat. Weißt du noch, wie sie bereits früher immer wusste, dass einer von uns Liebeskummer hatte oder eine Klausur in den Sand gesetzt hatte bevor wir auch nur ein Wort darüber verlieren konnten?" Die Erinnerung ließ beide auflachen.

„Ja, und dann verwöhnte sie uns mit irgendeiner Leckerei. Anfangs brachte sie Gummibären oder Schokolade aus ihrem Vorrat. Später dann waren es Bierflaschen oder selbstgemachte Omeletts, Sandwiches oder ähnliches. Ich weiß bis heute nicht woran sie das immer gemerkt hat." –

„Hm, ein bisschen unheimlich war das schon, aber wenn wir ganz ehrlich sind, haben wir das auch sehr genossen."

„So ist es. Wenn sie mich mit diesem Blick ansieht, dann habe ich den Eindruck, sie sieht mir bis in die tiefsten Tiefen meines Herzens. Ich will nicht, dass sie all die dunklen Flecken da sieht. Da ist so viel Mist, mit dem sie niemals konfrontiert werden sollte. Deshalb bin ich ihr aus dem Weg gegangen. Ich weiß, dass ich ihr damit wehgetan habe. Es tut mir ehrlich leid, das wollte ich nicht. Niemals." Lukas legte ihm einen Arm um die Schulter.

„Ich weiß. Jetzt müssen wir nur eine Lösung finden, mit der ihr beide gut leben könnt." Einträchtig und erschöpft blieben sie noch eine Weile sitzen bevor sie sich auf den Weg zum Haus machten, um aus den völlig verschwitzten Klamotten zu kommen. Auch wenn es noch keine Lösung gab, ihre Freundschaft war dank dieses Gespräches tiefer als je zuvor und das war mehr als Ben je zu hoffen gewagt hatte. Die Situation mit Marie würde er nun schnellstmöglich auch noch klären.

***

Unterdessen hatte Marie sich allen Frust von der Seele getanzt. Nachdem sie sich eine Weile im Garten beruhigt hatte, war sie zurück ins Haus gegangen, um zu tanzen. Jetzt war sie erhitzt, müde und auf eine gute Weise körperlich erschöpft. Sie war nun auf dem Weg in die Küche, um sich eine Cola zu holen. Es fühlte sich so gut an, wie das kühle Getränk die Kehle hinabrann. Sie lehnte sich an die Arbeitsplatte, um einen Moment die Stille zu genießen. Um sie herum erklangen weiterhin Gespräche, aber es war schön, einfach nur zuzuhören. Kurz schloss sie die Augen als sie unvermittelt angerempelt wurde.

„Oh Entschuldigung, das wollte ich nicht." sagte eine freundliche Stimme neben ihr. Sie gehörte einem gutaussehenden jungen Mann, der sie anlächelte. Offensichtlich hatte er sich soeben ein Bier aus dem Kühlschrank genommen und war beim Zurücktreten an Marie gestoßen. Sie erwiderte sein Lachen.

„Das macht nichts. Ich stehe ja auch ungünstig." Gerade wollte sie beiseitetreten, als er sich ihr in den Weg stellte.

„Bitte, geh nicht weg. Ich bin schon eine Weile hier, aber jetzt erst verspricht der Abend schön zu werden." Ob der offensichtlichen Schmeichelei in seinen Worten fühlte sie sich etwas unwohl. Sein Blick jedoch wirkte ehrlich und sie entspannte sich wieder. „Oh, ich habe mich noch gar nicht vorgestellt. Ich bin Carlos. Und du?"

„Ich bin Marie.

„Wirklich – du bist Marie? Weißt du, einer meiner Cousins hat mit deinem Bruder Lukas studiert und mich eingeladen, heute hierherzukommen. Ich hoffe, das ist ok?"

„Woher kennst du mich dann?" wollte Marie wissen.

„Nun, die beiden haben sich im Laufe der Jahre ein wenig näher kennengelernt und Lukas scheint wohl regelmäßig mit dir angegeben zu haben. Und das wiederum hat mein Cousin mir erzählt." Verräterische Röte überzog Maries Wangen. Sie hasste es, auf diese Weise im Fokus zu stehen. Ihr erster Impuls, ihn stehen zu lassen und sich ins Bett zu legen, um den ganzen Abend einfach zu vergessen, war in dem Moment vergessen, als sie sich Ben's ablehnendes Verhalten in Erinnerung rief und mit der ungeteilten Aufmerksamkeit des Mannes vor ihr verglich. Dieser ließ sie nicht eine Sekunde aus den Augen und hatte ein aufrichtiges Interesse an ihr und ihrer Meinung. Aus diesem Grund entschloss sie sich, ihm eine Chance zu geben. Wenn Ben sie nicht wollte, dann würde sie auf keinen Fall noch länger warten. So begann ihre gemeinsame Geschichte mit Carlos. Sie hatten an diesem Abend im Sand vor dem Haus gesessen und sich endlos unterhalten. Sie hatten gelacht und die Zeit genossen. Carlos war einfühlsam, verständnisvoll und gab ihr das Gefühl, die kostbarste Frau auf Erden zu sein. Auch wenn ihr Herz noch nicht frei war, würde sie sich häufiger mit ihm treffen, wenn sie wieder in München war und ihr Studium fortsetzte. Schließlich hatten sie sich gemeinsam auf die Tanzfläche gewagt. Er hatte es tatsächlich geschafft, dass Marie wieder lachen konnte.

***

Erst spät in der Nacht hatten sie sich voneinander verabschiedet. Zu viele Gefühle wirbelten durch Marie hindurch als dass sie ruhig hätte schlafen können. So lag sie in ihrem Schlafsack und überlegte sich ihre weiteren Schritte. Auf keinen Fall konnte oder wollte sie so weitermachen. Es war genug – ein für alle Mal. Entschlossen packte sie ihre Taschen. Sie würde jetzt zurückfahren. Ob sie nun den Sonntag noch hier verbrachte und sich von Ben wieder ignorieren ließe oder heute abreiste, würde für ihn wohl kaum einen Unterschied machen. Wahrscheinlich wäre er sogar dankbar, wenn sie nicht mehr da wäre sobald er aufwachte. Und sie könnte dieses Kapitel ihres Lebens abschließen und endlich eine gesunde Beziehung zu einem ehrlichen Menschen aufbauen, der sie schätzte. Vielleicht wäre es nichts Langfristiges, vielleicht aber schon. Sie würde es herausfinden.

***

Als sie um halb sieben durch das Haus schlich, um den ersten Zug im Dorf zu erreichen, begegnete Lukas ihr.

„Du willst gehen?" fragte er. Mehr als ein stummes Nicken brachte Marie nicht zustande. Sie ließ sich von ihrem Bruder umarmen. Die Sicherheit, die er ihr gab, ermutigte sie und sie erzählte alles, was ihr gestern durch den Kopf gegangen war von ihrer Enttäuschung über Ben bis hin zu Carlos und ihrer Entscheidung, gleich abzureisen. Da er sie nicht umstimmen konnte, fuhr er sie zumindest noch direkt zum Bahnhof und winkte ihr zum Abschied. Was würde sein Freund davon halten? War es zu spät für die Beiden? Der Tag war noch viel zu jung für derartig viele Fragen.

***

Etliche Stunden später war auch Ben wieder wach. Es dauerte eine ganze Weile, bis er bemerkte, dass Marie nicht nur lange schlief, sondern gar nicht mehr da war. Fassungslos starrte er Lukas an, als dieser ihm die Nachricht überbrachte.

„WAS? Aber warum? Was ist passiert?" Er raufte sich die Haare. Gerade erst hatte er sich dazu durchgerungen, alles auf eine Karte zu setzen und Marie zu erzählen was er empfand und nun war sie abgereist. Ohne ein Wort? Das passte überhaupt nicht zu ihr. Da musste doch irgendetwas vorgefallen sein. Frustriert knallte Ben die Schranktüren zu als er sich eine Tasse nahm. Sein Körper verlangte nach den Anstrengungen der letzten Nacht dringend nach Koffein und Nahrung. Diese Nachricht war eindeutig mehr als er in diesem Zustand ertragen konnte. „Lukas komm schon, du weißt doch noch etwas. Sag mir warum sie gegangen ist." Er wandte sich ihm zu mit flehendem Blick. „Bitte." fügte er hinzu. Lukas seufzte.

„Hör zu, Mann, ich weiß nicht, wie ich das sagen soll… . Marie hatte die Nase voll. Wie du gestern vermutet hast, hat es ihr sehr weh getan, dass du sie ignoriert und ausgeschlossen hast. Das war der Grund warum sie den ersten Zug zurück genommen hat." Fast rutschte Ben die Tasse aus der Hand.

„Das ist nicht dein Ernst! Wirklich? Warum sagst du das denn nicht gleich?" Er stürmte aus der Küche und die Treppe nach oben zu den Schlafzimmern. Lukas ging ihm hinterher.

„Ben, halt, wo willst du hin? Was machst du denn da?" Die Frage war eigentlich überflüssig, denn wenn ein Mann sämtliche Klamotten in seinen Koffer warf, war es ganz offensichtlich, dass er ebenfalls abreisen wollte. Der Punkt war jedoch, dass Ben den wichtigsten Grund noch gar nicht kannte, aus dem er nicht hinter Marie herfahren durfte. „Hör mir zu, bitte hör mir zu, ja?" Er hielt Bens Arm fest und zwang ihn dazu, stillzuhalten. „Jetzt hör mir zu, verflixt noch mal. Ich muss dir was Wichtiges sagen. Marie hat gestern hier auf der Party jemanden kennengelernt." Nun endlich hatte er Ben's volle Aufmerksamkeit. „Der Cousin meines Kommilitonen hat sie gestern angesprochen und anscheinend so begeistert, dass sie sich entschlossen hat, ihm eine Chance zu geben." Sämtliche Luft entwich zischend aus Ben`s Lungen.

***

Kopfschüttelnd kehrte er wieder in die Gegenwart zurück. Selbst jetzt, so viele Jahre später konnte Ben den Schmerz von damals noch fühlen. Fast schien es ihm, als könnte er Marie's zarten Kuss noch auf seinen Lippen spüren. Die Emotionen tobten in ihm. Widerstrebend riss er sich los. Er musste sich konzentrieren, wenn ihm dieser Auftrag nicht durch die Lappen gehen sollte.

***

Marie fand ihren Bruder am nächsten Morgen zusammengesunken am Küchentisch. Nachdem sie sich vergewissert hatte, dass es ihm gut ging, drängte sie darauf, herauszufinden warum er nicht in seinem Bett geschlafen hatte. Aus irgendeinem Grund hatte sie jedoch den Eindruck, dass er ihr nicht die Wahrheit sagte. Er murmelte etwas von einem anstrengenden Fall und verschwand ins Bad. Sie wollte ihren letzten gemeinsamen Tag nicht mit einem Streit beginnen. Am Mittag würde sie bereits im Zug sitzen, um zurück zu Ben zu fahren. Die wenige noch verbleibende Zeit sollten sie genießen. Sie unternahmen einen Stadtbummel, ließen ihre Füße im Springbrunnen baumeln und besuchten das Lieblingsrestaurant der Mädchen. Das lag direkt in einem kleinen Park und lud vor allem die jüngeren Gäste ein. In einem extra Raum konnten sie nach Herzenslust spielen, toben und basteln. Lily und Lotta hatten ihre letzten Geburtstage nur hier gefeiert und Marie hatte die Gelegenheit schätzen gelernt, ihr Essen und Gespräche in Ruhe beenden zu können, ohne von aufgeregten Kindern unterbrochen zu werden. Anschließend war es Zeit zum Bahnhof aufzubrechen. Der Abschied fiel allen wie erwartet schwer. Lukas war jedoch froh, dass seine Schwester sich auf den bevorstehenden Neuanfang freute. Auch dass die beiden Mädchen so aufgeregt waren und aufzählten, was sie am Abend mit Ben unternehmen würden, sagte ihm, dass es richtig war sie gehen zu lassen. Gleichzeitig spürte er den Stachel der Eifersucht. In den vergangenen Jahren war er DER Mann in ihrem Leben gewesen. Er hatte immer gewusst oder doch zumindest gehofft, dass Marie irgendwann für einen Neuanfang bereit wäre. Sie war viel zu hübsch, um mit 30 Jahren für immer allein zu bleiben. Aber jetzt – wo es anscheinend so weit war – fiel es ihm schwerer als gedacht den Platz an ihrer Seite für einen neuen Partner freizugeben. Zärtlich umarmte er Marie noch einmal und küsste sie auf die Wange.

„Mach's gut, meine Kleine. Pass gut auf dich und die beiden besten Nichten der Welt auf. Grüß Ben von mir, ja?"

***

Viel zu schnell war die Zeit in Berlin vergangen. Die Abende mit ihrem Bruder würde Marie vermissen. Doch sie freute sich auch auf den neuen Abschnitt. Die Hälfte der Zugfahrt lauschte sie den Berichten ihrer Töchter darüber, was Lukas so Tolles mit ihnen gemacht hatte und wie sehr er ihnen fehlen würde. Den Rest der Zeit nutzten Lily und Lotta, um von Ben zu schwärmen. Sie wirkten so glücklich und aufgeregt, dass Marie sich einfach anstecken ließ. Bei der Ankunft in Binz sah sie Ben bereits auf dem Bahnsteig stehen. Ungeduldig erwartete er sie schon. „Wie gut es mir doch geht." dachte

Marie. An jedem Bahnhof wartet ein Mann, der mich mag, auf mich. „Nein, das klingt seltsam." beschloss sie und musste lachen.

„BEEEEEEEEEEEEEEEEEEEEN!" riefen ihre Mädchen ohne jede Zurückhaltung und sprangen in seine Arme. Von ihm umarmt zu werden, hatte etwas sehr Beruhigendes an sich, fand auch Marie als sie ihn endlich begrüßen konnte. Es war gut, wieder hier zu sein.

***

In den nächsten Tagen kehrte so etwas wie Routine im Haus ein. Nach dem gemeinsamen Frühstück machte sich Ben in seinem Atelier an die Arbeit, während Marie mit den Kindern unterwegs war. Manchmal verbrachten sie den Vormittag im Garten, manchmal gingen sie zum Strand oder zum Markt. Sicher, sein Haus war eindeutig kein Singlehaus mehr. Er lachte, wenn er daran dachte, wie piksauber es manchmal gewesen war. Dank der Putzfrau hatten alle Oberflächen geglänzt. Aber noch nie zuvor war so viel Leben da gewesen. In jedem Zimmer lagen Mädchensachen: hier eine Bürste, dort ein Spängchen, von den unvermeidlichen Puppen und Stiften mal ganz abgesehen. Und dennoch fühlte er sich erst jetzt richtig wohl. Erst jetzt war aus seinem Haus ein Zuhause geworden. Wenn es Zeit für das Mittagessen war, stürmten Lily oder Lotta sein Büro. Marie hatte beiden schon so oft gesagt, dass sie es leise betreten mussten, denn mitunter waren wichtige Kunden dort, aber Ben ertappte sich dabei, wie er sich auf die lauten trampelnden Schritte auf der Treppe freute. Sein wichtigster Kunde, Herr Brandt, hatte diese Situation mit herzhaftem Lachen als „Naturgewalt" bezeichnet und ihm geraten, diese Wirbelwinde gut im Auge zu behalten. Ben konnte sich seinen Alltag ohne sie gar nicht mehr vorstellen. An ruhigeren Tagen lud er Lily zu sich ein. Als er Marie und ihren Töchtern sein Atelier das erste Mal gezeigt hatte, hatte Lily beinahe ehrfürchtig vor seinem Reißbrett gestanden. Mit großen Augen hatte sie seine Zeichnungen bestaunt. Sie hatte seine Stifte und Zettel auf dem Schreibtisch sanft berührt und kein Wort gesagt. Wann immer sie nun in der Küche saß und malte, spielte sie Architekt. Sie versuchte, mit ihrem Lineal ebensolche Linien zu zeichnen, wie er es tat. Das Ergebnis präsentierte sie ihm abends scheu. Fast, als ob sie Angst hätte, dass er nicht zufrieden sei. Wenn er sich das Blatt dann ernsthaft betrachtete und anerkennend lobte, strahlte sie über das ganze Gesicht. An einem regnerischen Samstag war er ins Büro gegangen, um den Papierkram auf Vordermann zu bringen.

„Darf ich mit?" fragte ein zartes Stimmchen. Lily hatte eine ganze Weile stumm neben ihm gestanden, während er arbeitete. Dann hatte er ihr eine Ecke seines Schreibtisches leergeräumt, einen leeren Block, Lineale, Stifte dazu gelegt und sie gebeten, ihm zu helfen. Mit strahlenden Augen hatte sie

Platz genommen. Seitdem war das ihr Platz. Jeden Abend von sechs bis halb sieben verbrachten sie in stiller Eintracht an diesem Schreibtisch und arbeiteten an ihren Projekten. Die Begeisterung, die dabei aus ihren Augen sprach, rührte ihn zu Tränen. Meistens sprach sie kein Wort, setzte sich einfach zu ihm und malte während sie ganz vertieft in ihre eigenen Gedanken war. Lily schien glücklich zu sein, wenn sie ihm ganz nahe sein konnte. Manchmal fragte sie ihn nach den Bedeutungen der Zahlen und Zeichen auf seinen Entwürfen. Er erklärte ihr gern, was es damit auf sich hatte. Er liebte es, wenn das Verstehen durch ihre Augen blitzte und sie sich zufrieden lächelnd wieder an ihre „Arbeit" setzte. Anschließend trafen sie sich alle zum Essen in seiner Küche. Ben genoss diese gemeinsamen Zeiten sehr.

***

Als er an diesem Abend die Treppe in sein Wohnzimmer emporstieg, empfing ihn Marie mit einem zaghaften Lächeln.

„Ich habe Neuigkeiten. Ich habe eine Wohnung für mich und die Mädchen gefunden. Sie ist ganz nah am Kindergarten, hat einen kleinen Garten und ist einfach nur perfekt." Unsicher blickte sie zu ihm auf. Ben sah Freude, aber auch Angst in ihren Augen aufblitzen. Verlegen kratzte er sich am Kopf. Ihre gemeinsame Zeit hier in diesem Haus war damit definitiv vorbei. Er wusste, es war wichtig für sie, auf eigenen Beinen stehen zu können. Sie war ein Mensch, der Selbständigkeit schätzte und der Tod ihres Mannes war ein gravierender Einschnitt gewesen. Ihr Leben nun wieder in die eigenen Hände zu nehmen, würde ihr Stärke und Selbstvertrauen geben. Es war ein großer, aber wichtiger Schritt für Marie. Ben hätte sie lieber für immer hierbehalten, aber ihm war klar, dass das aus rein egoistischen Motiven geschehen würde. Die Tatsache, dass sie hier in der Gegend blieb, war ein Geschenk für ihn. Er könnte Marie und ihre Mädchen trotzdem ganz oft sehen, mit ihnen Ausflüge unternehmen und ihnen nahe sein. Er würde sie also nicht verlieren. Trotzdem fiel es ihm schwer, sie nun zu ermutigen. Die Unsicherheit in ihren Worten machte deutlich, dass dieser Schritt auch für sie nicht leicht war. Er bedeutete einen endgültigen Schnitt mit der Vergangenheit. Eine eigene Wohnung bedeutete, dass sie nicht in ihr altes Zuhause zurückkehren würde. Sie würde einen Schlussstrich ziehen unter die Zeit mit Carlos. Ben wusste, dass Carlos schon durch die Mädchen immer Teil von Marie's Leben bleiben würde. Dennoch schien sie den Neuanfang wagen zu wollen. Seine Aufgabe als Freund war nun, ihr dabei zu helfen. Sanft umarmte er sie.

„Marie, das ist doch toll. Wie hast du sie denn so schnell gefunden?" Ein erleichtertes Seufzen entrang sich ihrer Kehle, als sie sich an ihn schmiegte.

„Also das war eine besonders interessante Situation. Ich glaube, dass das wieder ein Fingerzeig Gottes war." Bevor Ben auch nur den Mund öffnen konnte, hob Marie ihren Zeigefinger empor und fuhr fort. „Nein, nein, du brauchst überhaupt nichts zu sagen. Ich weiß, dass du das nicht glaubst, aber ich tue es. Und da ich mit niemandem außer dir darüber gesprochen habe, dass ich mir eine Wohnung suchen will, ist es doch schon ein echtes Wunder, dass Maria – aus dem Kindergarten – mich heute auf der Straße angesprochen hat. Sie erzählte, dass die Tochter einer Freundin letzte Woche aus einer Wohnung ganz nah am Kindergarten ausgezogen ist. Sie zieht zu ihrem Freund nach Hamburg. Bis ein Nachmieter gefunden ist, schaut Maria einmal in der Woche vor oder nach der Arbeit nach dem Rechten. Ihre Freundin hatte vor wenigen Wochen einen Unfall und kann mit ihrem Gipsbein keine Treppen steigen oder Auto fahren. Naja, Maria erzählte das also und ich fragte, ob ich mir die Wohnung nicht einmal ansehen könnte. Erstaunt bejahte sie und wir gingen sofort hinein. Und sie ist wirklich toll und für meine Bedürfnisse absolut ausreichend. Das Wichtigste ist, dass sie wirklich günstig ist und ich quasi sofort einziehen kann." Während des Erzählens hatte die Freude in Marie's Stimme zugenommen. Sie lachte und Ben konnte sehen, dass sie bereit war, sich den neuen Herausforderungen zu stellen. Daher unterdrückte er die aufsteigende Enttäuschung und lachte ebenfalls. Er nahm sie noch einmal in den Arm. Gemeinsam drehten sie sich im Kreis. Diese unverhoffte Nähe fühlte sich unglaublich gut an. Ihr Duft vernebelte ihm die Sin-

ne. Er hatte den Eindruck, dass sie genau dahin gehörte, wo sie jetzt war: in seine Arme. Nur wider-
willig ließ er sie schließlich los.

„Ich freue mich sehr für dich. Dann sollten wir
uns langsam mal überlegen, wann und wie du einziehen kannst, oder? Jetzt erzähl mal, wie sieht die
Wohnung denn aus?" Während sie das Abendessen
vorbereiteten, berichtete Marie, dass sie aus drei bereits renovierten Zimmern bestand. Ben freute sich
wirklich für Marie. Sie wollte so gern auf eigenen
Beinen stehen. Auch der Kindergarten hatte ihr zu-
gesagt, dass Lily und Lotta bereits in den nächsten
Wochen einen Platz bekämen.

„Nach einer kurzen Eingewöhnungszeit kann ich
dann wirklich für dich arbeiten."

„Na, darauf sollten wir anstoßen." meinte Ben,
auch wenn er die drei Mädels in seinem Leben
wirklich vermissen würde. Später am Abend sprach
er sie noch einmal darauf an. „Weiß Lukas schon
davon?" Marie nickte.

„Ja, ich habe ihn vorhin angerufen. Er kommt am
Wochenende mit meinen Möbeln. Bis dahin will ich
das Zimmer der Mädchen noch mit ein bisschen
Farbe verschönern."

„Lass mich dir helfen. Ich kann ganz passabel
streichen." bot Ben schmunzelnd an.

***

So gingen sie bereits am nächsten Tag gemeinsam mit den Mädchen durch einen nahegelegenen Baumarkt, um Wandfarbe auszusuchen. Natürlich waren Lily und Lotta sich kein bisschen einig. Nach Ansicht zahlloser Farbmuster entschied Marie, das neue Zimmer mit den Lieblingsfarben der Beiden zu streichen. Glücklich und mit viel Malerzubehör ausgestattet, ging es dann in die neue Wohnung. Dort machten sich die Vier mit viel Begeisterung und Freude daran, die Wände zu gestalten. Den ganzen Nachmittag verbrachten sie damit. Erschöpft und von oben bis unten mit Farbe verschmiert, kehrten sie schließlich ám Abend in Bens Haus zurück.

***

Dort verschwanden nun die Kleider und Spielsachen der Mädchen in Kisten und Kartons. Ein bedrückendes Gefühl machte sich in Bens Brust breit. Die gemeinsame Zeit neigte sich offensichtlich dem Ende zu.

***

Am Samstag traf Lukas mit dem Transporter ein. Die wenigen Tage Wartezeit hatten sich für Marie wie eine Ewigkeit angefühlt. Nun waren ihre Möbel in der neuen Wohnung aufgestellt. Die kleine Küchenzeile hatten Ben und Lukas bereits angeschlossen. Marie war es wichtig, dass die Küche, aber vor allem die Betten der Mädchen an diesem Tag noch aufgebaut wurden, denn diese sollten sich hier gleich wohl fühlen. Doch sie hatten noch viel mehr geschafft. Auch die Kleiderschränke, das Sofa und Maries Bett war nun fertig. Die Gardinen hatte sie bereits gestern aufgehängt, so dass es schon richtig wohnlich wirkte. Nur die Umzugskisten mussten in der nächsten Woche noch ausgepackt werden. Doch jetzt saßen sie erst einmal gemeinsam um den Tisch und aßen Würstchen mit Brötchen. Lily und Lotta konnten vor lauter Aufregung kaum stillsitzen. Kaum war das letzte Stück Wurst in ihrem Mund verschwunden, sprangen sie auf, um ihr neues Zimmer in Besitz zu nehmen.

„Ich bin so dankbar, dass ihr hier seid und mir geholfen habt. Das bedeutet mir so viel. Ich weiß noch nicht, wie ich das wieder gut machen soll, aber vorerst kann ich euch schon mal ein Bier anbieten. Allerdings nur aus der Flasche, denn Gläser habe ich nicht da." Lukas und Ben grinsten sie an.

„Na, dann opfern wir uns eben ausnahmsweise mal." meinte Lukas. Gemeinsam lachten und alberten sie herum, bis die Sonne unterging. Marie hatte mehrmals nach ihren Mädchen gesehen. Das erste Mal hatten sie vergnügt mit den so lang vermissten Spielsachen gespielt. Beim zweiten Mal hatten sie zusammengekuschelt in einem Bett gelegen und tief und fest geschlafen. Die Aufregungen und Anstrengungen der letzten Tage forderten ihren Tribut.

***

Nach langen Gesprächen mit viel Lachen, die alle drei an längst vergangene Zeiten erinnerten, war es so spät, dass Ben und Lukas beschlossen, diese Nacht auf dem Sofa beziehungsweise dem Boden zu verbringen.

***

Noch etwas müde trafen sie sich am nächsten Morgen wieder gemeinsam in der Küche. Das Wetter und die kostbare Zeit zusammen lockten sie an den Strand. Den Vormittag verbrachte Ben mit seinem Freund, Marie und ihren Kindern am und im Wasser. Dann jedoch verabschiedete Ben sich schweren Herzens, um den Geschwistern die Gelegenheit zu geben, miteinander allein Zeit verbringen zu können. Er ging mit der Einladung zum Grillen am Abend, die Lukas – wegen dringender Termine am nächsten Morgen – ablehnte. Lily und Lotta jubelten jedoch bei dem Vorschlag. Sie wollten Ben nicht so recht gehen lassen. Doch als Marie ihnen versprach, dass sie ihn später wiedersehen würden, akzeptierten sie diesen Vorschlag. Erst am frühen Abend kam sie mit ihren Töchtern wieder in Bens Haus an. Erschöpft, aber glücklich ließ sie sich aufs Sofa sinken. Die Mädchen waren direkt zu Ben auf die Terrasse gerannt, um ihm von ihrem Tag zu berichten. Marie schmunzelte, als sie sich vorstellte, mit welch ernsthaftem Gesicht Ben den Geschichten von allen Muscheln, Würmern, Quallen und sonstigem Getier lauschen würde. All das Gequassel und Geschnatter schien ihm nie zu viel zu sein. Er machte immer den Eindruck eines zufriedenen, in sich ruhenden Mannes. Sie beschloss, nur kurz Luft zu holen. Den ganzen Tag lang war sie mit Lukas, Lily und Lotta durch den Sand gerannt, hatte Burgen gebaut, Eis geschleckt, Quallen ins Meer transportiert, Bücher vorgelesen und war abermals gerannt. Sie fühlte sich körperlich total erschöpft. Jetzt wollte sie sich nur kurz ausruhen, damit sie Kraft hatte, ihre Kinder ins Bett zu bugsieren. Wieder einmal war sie dankbar, dass Ben sich Zeit nahm für sie und sie dadurch einige kostbare Minuten bekam, die sie allein genießen konnte.

***

Kurz darauf betrat Ben das Wohnzimmer. Lotta sprang jauchzend um ihn herum, immer noch redend. Er lachte. Ihr Mund schien nie still zu stehen. Lily kuschelte sich vertrauensselig an seine Schulter. Sie schien müde zu sein. Ben's Augen weiteten sich, nachdem sie sich an das Licht im Raum gewöhnt hatten. Marie lag auf der Couch und schlief. Offensichtlich hatte sie sich völlig verausgabt. Ben konnte sich gut vorstellen, wie sie mit ihren Töchtern den ganzen Tag getobt hatte. Sein Herz füllte sich, ein warmes Gefühl durchströmte ihn. Diese Frau war die eine, die sein Herz anrührte. Die, die ihn glücklich machte. Ihre pure Gegenwart machte ihn glücklich. Er legte seinen Finger an die Lippen.

„Pst, ich glaube wir gönnen eurer Mama mal ein wenig Ruhe. Kommt, wir legen mal das Fleisch auf den Grill." Auf Zehenspitzen schlichen sie aus dem Raum.

***

Marie erwachte erst als der Mond schon hell am Himmel stand. Erstaunt blickte sie sich um. Die Terrasse wurde von einem warmen Licht erhellt. In ihre Gedanken schlich sich der Eindruck eines Lagerfeuers. Der leckere Duft von Grillgut drang durch die Fenster herein. Verschlafen blickte sie sich um, lauschte, um herauszufinden, wo Lily und Lotta sich gerade aufhielten. Nichts, im Haus herrschte Stille. Absolute Stille. Marie sprang auf und lief zur Terrassentür. Nachdem sie sie geöffnet hatte und hinausgetreten war, verschlug es ihr fast den Atem. Auf der Wiese vor den Terrassenstufen brannte tatsächlich ein kleines Feuer. Davor stand, mit dem Rücken zu ihr, Ben. Er war ganz vertieft in den Anblick der Flammen. Am Himmel strahlten die Sterne. Es war eine wunderbare Sommernacht. Marie genoss seinen Anblick. Er war ein schöner Mann. Groß, nicht kräftig, eher sehnig, aber er sah gut aus. Seine Haare waren schwarz. Sie fielen ihm über die Stirn, und er strich sie mit einer ungeduldigen Handbewegung beiseite. Das Feuer ließ ihn in rotgoldenem Schein strahlen. Maries Herz schlug schneller. Konnte das wirklich sein? Würde sie mehr für ihn empfinden als Dankbarkeit und Freundschaft? Da wandte er sich um und entdeckte sie. Ein kleines Lächeln spielte um seine Mundwinkel.

„Hallo. Ausgeschlafen?" Marie ging langsam auf ihn zu.

„Ja." Ben reichte ihr einen Stock, den er bis eben ins Feuer gehalten hatte. An der Spitze klebte Teig.

„Wir haben Essen gemacht. Allerdings haben die Mädchen vorhin schon gegessen. Aber wir haben noch ein paar Reste. Die Steaks sind jetzt nicht mehr ganz frisch, aber ich denke, essen kann man sie trotzdem." Marie lachte.

„Das sieht lecker aus, danke." Sie setzte sich auf die Terrassenstufen ans Feuer und pulte vorsichtig das heiße Stockbrot ab. Es schmeckte wunderbar, nach Sommer und Spaß. Auch ein Steak nahm sie gern. Sie konnte sich gut vorstellen, wie viel Spaß Lily, Lotta und Ben miteinander gehabt hatten. Ben schienen Kinder nichts auszumachen. Es war ihm nicht zu viel, mit ihnen durchs Wasser zu toben oder ein Lagerfeuer zu machen. Er war immer wieder begeistert, wenn er mit ihnen unterwegs war. Und heute hatte er die beiden sogar versorgt, ohne dass sie ihn darum gebeten hatte. Sie war einfach eingeschlafen, voller Vertrauen darauf, dass ihre Töchter gut versorgt waren. Was sagte das über ihre Mutterqualitäten aus? Maries Gedanken bewegten sich im Kreis. Sie schüttelte den Kopf, um wieder klar denken zu können.

„Ist alles in Ordnung?" fragte Ben.

„Wie? Ja. Danke, dass du die Mädels versorgt hast. Es tut mir leid, dass ich einfach so eingeschlafen bin. Entschuldige." Ben nahm einen weiteren Stock aus dem Feuer und setzte sich neben sie.

„Du musst dich nicht entschuldigen. Wir hatten eine Menge Spaß." Bei der Erinnerung an alles, was sie erlebt hatten, lachte er. Genüsslich zog er ein Stück heißes Brot von seinem Stock. „Ich habe den Abend mit zwei schönen Mädchen sehr genossen." Ein freches Grinsen überflog sein Gesicht. Er sah wieder aus wie damals, als Junge. Marie musste einfach lachen. Er sah noch immer aus wie ein Lausbub, wenn er so grinste. „Ich fürchte nur, dass wir so viel Stockbrot gegessen haben, dass für gesunde Sachen wie Obst oder Gemüse einfach kein Platz mehr war. Diese Mahlzeit war nährwertmäßig also ein wenig eintönig. Und vor lauter Kichern werden die zwei morgen wohl Muskelkater im Bauch haben. So viele Witze habe ich noch nie an einem Abend gehört." Wieder lachte er. Marie überlief eine Gänsehaut. Das tiefe, herzliche Lachen aus Bens Kehle löste ein wohliges Schauern in ihr aus. Sie fühlte sich zufrieden, geborgen. Gemeinsam saßen sie noch lange am Feuer, besprachen Bens Arbeit und den kommenden Tag.

Schließlich legte sich Marie auf den Rücken, stützte sich auf den Ellenbogen ab und blinzelte in den Sternenhimmel. Ben setzte sich auf. Er beobachtete Marie schweigend.

„Ben, was ist los?"

„Ich muss dir etwas sagen. Ich ....". stockend brach er ab. Seine Augen funkelten sie an. Marie war fasziniert von seinem Blick. Er wirkte so liebevoll, fast zärtlich. In ihrem Bauch kribbelte es. „Marie, es gibt etwas, was ich dir schon lange mal sagen wollte... Ich... mag dich."

„Ich mag dich auch, Ben."

„Nein, Marie, das meine ich nicht." Frustriert fuhr er sich durch seine Haare. „Ich war immer dein Freund. Noch dazu ein Freund deines Bruders."

„Ja, ich weiß. Was willst du damit sagen?" Es fiel ihm schwer einen zusammenhängenden Satz zu bilden.

„Ist das so schwer zu verstehen? Ich war verliebt in dich. Immer schon. Ich bin in dich verliebt. Und hatte nie den Mut, dir das zu gestehen. Du hattest einen besonderen Mann verdient. Ich dachte immer, ich sei nicht der Richtige, weil..... Ach, ich weiß auch nicht. Naja, und dann hast du geheiratet. Und damit war meine Chance vorbei, denn eine Ehe zerstören wollte ich auf keinen Fall. Naja, und nach Carlos' Tod war auch nicht der richtige Zeitpunkt für dieses Bekenntnis." Er seufzte. „Entschuldige, ich hätte dir das nicht sagen sollen." Ben stand auf, er wollte ins Haus gehen. Marie sprang auf.

„Warte, Ben, nein... geh nicht, bitte." Die letzten Worte waren nur ein Flüstern, aber er blieb an der Terrassentür stehen. Marie griff nach seinem Arm und hielt ihn fest. Er wandte sich zu ihr. In seinem Blick lag Traurigkeit, aber auch die Liebe, von der er gesprochen hatte, war zu sehen. Sie standen einander gegenüber. Fast berührten sich ihre Körper. Keiner sagte ein Wort. Es gab keines, das ihre Gedanken hätte ausdrücken können. Über Marie's Gesicht liefen Tränen. Sie versuchte, sie wegzublinzeln, doch es waren einfach zu viele. Ben versuchte, sie mit seinen Händen wegzuwischen.

„Entschuldige, ich hätte es für mich..." begann er. Marie hatte sich nie für mutig gehalten. Doch hier war der Mann, der schon in ihrer Jugendzeit ihr Herz zum Pochen gebracht hatte. Er hatte gesagt, er habe sie geliebt. Das gab ihr ausreichend Mut. Sie ging den winzigen, noch fehlenden Schritt auf ihn zu, legte die Hände an seine Brust und küsste ihn. Ganz sanft berührten sich ihre Lippen. Ben taumelte. Er glaubte zu träumen. Marie, seine Marie, küsste ihn. Sie wagte es tatsächlich noch einmal, obwohl er sie damals so rüde abgewiesen hatte. Er nahm sie in die Arme und genoss einfach, was sie ihm anbot. Dann blickten sie sich an und lächelten. Was auch immer noch gesagt werden musste, für heute war es genug. Sie hatten zu viele emotionale Achterbahnfahrten hinter sich. Sie setzten sich noch eine Weile ans Feuer, umarmten sich und schwiegen. Es war ein glückliches Schweigen. Eines, das nicht mit Worten gefüllt werden musste. Und irgendwann ging Marie zu ihren Kindern schlafen und Ben legte sich auf der Couch zur Ruhe. Beide waren erschöpft und überglücklich zugleich.

***

Am nächsten Morgen verschlief Ben. Marie hatte sein Haus bereits früh verlassen, um mit den Mädchen in ihre Wohnung zu gehen. Dort warteten noch zahlreiche Kisten darauf, endlich ausgeräumt zu werden. Die Leiterin des Kindergartens, Frau Neuberg, hatte bereits um halb acht angerufen und mitgeteilt, dass sie Lily und Lotta bereits ab der nächsten Woche in den Kindergarten bringen konnte, wenn sie wollte. Da Marie in den vergangenen Tagen alle bürokratischen Notwendigkeiten erfüllt hatte, die so ein Umzug mit sich brachte, fehlte nur noch das Attest des Kinderarztes. Lily und Lotta waren aufgeregt, als sie die Neuigkeit hörten. Am Freitag fände ein großes Kindergartenfest statt, zu dem sie natürlich ebenfalls eingeladen waren. Dadurch bekämen sie die Möglichkeit, die Räume, die Erzieherinnen und vor allem einige Kinder kennenzulernen bevor sie jeden Tag dort wären. Die Vorbereitung und Planung der nun anstehenden Dinge beschäftigte Marie jedoch nur vordergründig, während sie Teller und Tassen in die Küchenschränke räumte oder ihre neuen Fensterbänke dekorierte. Ihr Töchter spielten gerade friedlich im

Kinderzimmer, was ihr Gelegenheit gab, sich an den gestrigen Abend zu erinnern. Wieder kribbelte es in ihrem Bauch als sie an die sanfte Berührung von Ben's Lippen dachte. „Du benimmst dich wie ein verliebter Teenager. Dabei war es nur ein Kuss. Ein belangloser Kuss zwischen Freunden." Doch seine Worte wollten ihr nicht aus dem Kopf gehen. Konnte es wirklich sein, dass er sie liebte? Die Schmetterlinge in ihrem Bauch flatterten aufgeregt auf und nieder, doch gleichzeitig fühlte Marie Angst in sich aufsteigen. Meinte Ben mit „lieben" so wie man seine Schwester liebt? War sie in seinen Augen immer noch „Lukas' kleine Schwester"? Seine Augen hatten ihr etwas anderes erzählt, aber ihr Verstand analysierte das Gesagte wieder und wieder, zerlegte jede Silbe und konnte es doch nicht begreifen. Zum ersten Mal seit vielen Jahren hatte sie gespürt, dass Ben sie anders ansah. Sein Blick war intensiv gewesen, so, als würde er direkt in ihr Innerstes schauen können. Seine Stimme hatte rau geklungen, als ob die Gefühle ihm die Kehle zuschnürten. Was sollte sie jetzt tun? Wie sollte sie ihm begegnen? Was sollte sie sagen? Würden sie über den gestrigen Abend wieder kein Wort verlieren wie damals bei ihrem Abschlussball?

***

Ein paar Jahre nach ihrem Schulabschluss war dann noch einmal fast dasselbe geschehen. An dem Abend, an dem sie ihrem zukünftigen Mann kennengelernt hatte. Marie erinnerte sich daran, als wäre es gestern gewesen. Nachdem sie die hervorragenden Ergebnisse ihrer Zwischenprüfung in Händen hielt, hatte Lukas vorgeschlagen, eine kleine Party zu geben. Sie luden alle Freunde und Kommilitonen in das Haus von Ben´s Eltern an der Küste ein, die ihr wichtig waren. Es wurde gegrillt, jeder brachte etwas mit. Schließlich bog sich der eilends im Garten aufgestellte Tisch unter all den Leckereien. Natürlich waren auch ein paar Leute dabei, die mit jemandem mitgekommen waren und die weder Lukas noch Marie kannten. Während der Vorbereitungen hatte Marie beschlossen, alles auf eine Karte zu setzen. Sie wollte Ben zeigen, dass aus dem kleinen Mädchen eine junge Frau geworden war. Sie wünschte sich so sehr, dass er sie als Frau wahrnahm. Natürlich hoffte sie, dass er ihre Gefühle erwidern würde. Nachdem sie vor zwei Jahren in eine eigene Wohnung nach München gezogen war, traf sie Ben nur noch sehr selten. Umso mehr hatte sie sich darauf gefreut, ihn an diesem Wochenende zu treffen. Marie achtete darauf, dass ihre Kleidung ihre Figur betonte. Sie legte Makeup auf und zog ihre Glitzersandaletten an, mit denen sie auf Bens Augenhöhe wäre. Lukas hatte soeben seine Stereoanlage im Wohnzimmer aufgebaut und die Möbel an die Wände geschoben, damit getanzt werden konnte. Er zog erstaunt die Augenbrauen nach oben als seine Schwester zu ihm trat.

„Uih, da hat sich aber jemand besonders hübsch gemacht." Er grinste.

„Gibt es dafür einen besonderen Grund?" Marie zwinkerte ihm zu, gab ihm ein Küsschen auf die Wange und sagte:

„Wer weiß?" Lukas legte den Arm um sie und gemeinsam tanzten sie vergnügt durchs Wohnzimmer, bis die ersten Gäste eintrafen. Es war eine ausgelassene, fröhliche Gesellschaft. Marie genoss es sehr, mit allen Freunden zu lachen, die Anstrengungen der letzten Wochen vergessen zu können. Dennoch war sie aufgeregt und hoffte, dass Ben positiv auf ihre Veränderung reagieren würde. Als er dann das Haus betrat, wirbelte Marie mit Pascal, dem Freund ihrer Freundin Lisa über die Tanzfläche. Ihr Lachen fuhr Ben bis in die Knochen. Er konnte ihr strahlendes Gesicht schon von der Tür aus sehen, hörte die Begeisterung. Was ihn jedoch am meisten überraschte, war ihr Kleid. Es war schwarz, irgendwie schillernd. Die Spaghettiträger wirkten zart, der Stoff schmiegte sich eng an ihren Körper und sie sah darin so unbeschreiblich weiblich aus, dass ihm im ersten Moment die Luft wegblieb. Als seine Atmung wieder einsetzte, hatte sie ihn schon entdeckt und kam auf ihn zugelaufen. Atemlos begrüßte sie ihn und zog ihn mit sich.

„Schön, dass du es noch geschafft hast." Marie hatte eine kleine Fläche erobert, auf der sie sich im Rhythmus der Musik bewegten. Sie strahlte ihn vertrauensvoll und glücklich an. Ben konnte nicht anders, er musste sie anlächeln. Sein Herz hüpfte bei ihrem Anblick.

„Ja, aber natürlich. Deine Party hätte ich mir um nichts in der Welt entgehen lassen." sagte er. Das nächste Lied war eher langsam. Die Tanzpaare rückten enger zusammen. Automatisch taten dies auch Ben und Marie. Er fürchtete, sie könnte das laute Klopfen in seinem Brustkorb hören und ihn auslachen. Immerhin kannten sie sich schon ewig. Sie war wie eine Schwester für ihn. Wie kam es nur, dass er sich bei ihr immer so unzulänglich vorkam? Als Marie ihren Kopf an seine Schulter lehnte, und wohlig seufzte, war ihm klar, dass er den Tanz beenden musste. Nicht auszudenken, wenn sie spürte, dass er nicht nur als Freund mit ihr tanzte, sondern sich Hoffnungen machte, sie könnte an ihm als Mann interessiert sein. Sie war noch so jung. Es war seine Aufgabe, sie eigene Erfahrungen machen zu lassen. Er wollte ihr nicht die Wahl nehmen. Abrupt löste er sich.

„Marie, ich….., ähm….". Er stotterte eine Weile. Marie blickte ihn fragend an. Er beschloss, ihr die Wahrheit zu sagen, naja, zumindest fast so etwas wie die Wahrheit. „Also, ich, ich kann das einfach nicht. Das ist nicht richtig. Es tut mir leid." Damit wandte er sich ab, um wegzugehen. Er drehte sich noch einmal kurz zu ihr bevor er sich schließlich ganz abwandte und sich auf die Suche nach Lukas und einem kalten Bier machte . Die Tränen in ihren Augen sah er nicht mehr. Ben's ureigener Ehrenkodex verhinderte, dass er sich auf eine Beziehung zu ihr einließ. Er war der festen Überzeugung, dass

Marie in ihm einen zweiten großen Bruder sah. Und er wollte sie nicht überzeugen von sich. Auch nach all den Jahren war ihm nach wie vor nicht klar, warum er sie nicht vergessen konnte. Marie war wie ein Teil von ihm. Er fühlte sich erst dann vollständig, wenn sie bei ihm war. Sagen konnte und wollte er das jedoch nicht. In der Küche traf er auf seinen Freund.

„Mensch Ben, du siehst aus, als wärst du einem Gespenst begegnet. Was ist denn los?" Lukas reichte ihm eine Dose Bier. Dankbar griff Ben danach, nahm einen Schluck.

„Weißt du, ich glaube, so könnte man es wirklich nennen." Lukas blickte ihn fragend an. Da Ben aber nicht wusste, wie er in Worte fassen sollte, was er eben fühlte, winkte er ab und schüttelte mit dem Kopf. Sein Kumpel verstand den Wink: wenn es so weit war, würde er schon erzählen. So ließen sie sich auf den Stühlen nieder und sprachen über ihre Arbeit.

Marie konnte nicht fassen, was geschehen war. Eben hatten sie noch gemeinsam eng umschlungen auf der Tanzfläche gestanden. Seine Hand auf ihrem Rücken hatte sie sprachlos gemacht. Sie konnte noch sein Parfum riechen und die Wärme seiner Haut unter ihren Fingern spüren. Alle sorgfältig zurechtgelegten Worte waren plötzlich verschwunden gewesen. In ihrem Kopf hatte mit einem Mal gähnende Leere geherrscht. Doch dann hatte er sie so plötzlich losgelassen, dass sie das Gleichgewicht verlor und gestolpert war und war davon gestürmt. Unglaublich! Das erinnerte sie so sehr an den Abend ihres Abschlussballes, dass die Schamesröte ihr ganzes Gesicht überzog. Sie hatte sich ihm zum zweiten Mal an den Hals geworfen und er hatte sie erneut zurückgewiesen. Nun musste Schluss sein. Sie musste ihn ein für alle Mal aus ihrem Herzen schmeißen. Während ihr dicke Tränen der Trauer und Wut die Wangen hinunterliefen und das sorgfältig aufgetragene Makeup verschmierten, verließ sie wutentbrannt das Haus. Zunächst war Lukas ihr gefolgt und hatte am Strand mit ihr gesprochen. Anschließend hatte er sie zu ihrer Freundin Lisa geführt, bei der sie ihr Herz noch einmal ausschütten konnte.

„Ach Lisa, warum kann ich mich nicht einfach in einen Mann verlieben, der mich auch gut findet?" fragte Marie schließlich, als der Tränenstrom versiegt war. Lisa überlegte einen Moment.

„Weißt du, vielleicht hast du einfach noch nicht den richtigen getroffen. Oder ihm ist nicht klar, wie wunderbar du bist." Ein schiefes Lächeln überzog Maries Gesicht. „Komm schon, wir hübschen dich jetzt wieder auf und dann rocken wir die Party. Die übrigens DEINE Party ist!" Marie ließ sich überreden und beschloss, sich den Abend nicht verderben zu lassen. Sie hatte in den letzten Monaten so hart gearbeitet, dass sie den Erfolg jetzt auch wirklich genießen wollte. Im Haus zurück verzogen sich die jungen Frauen zunächst einmal ins Badezimmer, um das ramponierte Makeup auszubessern. Anschließend besorgten sie sich jeweils ein Glas Sekt und tanzten ausgelassen auf der improvisierten Tanzfläche. Marie war fest entschlossen, diesen Abend wirklich auszukosten. Nach einer Weile fühlte sie sich so schön schwummerig, dass sie beinahe keinen Herzschmerz mehr spürte. Sie ging in die Küche, um sich mit einem kühlen Getränk zu erfrischen als jemand sie von hinten anrempelte. Der Mann roch nach einem recht interessanten After Shave und seine grünen Augen blickten sie freundlich an.

„Hoppla, was fällt mir denn da so überraschend in die Arme?" fragte er mit einem breiten Lächeln. Marie errötete.

„Entschuldige, warte einen Moment, ich gehe aus dem Weg."

„Oh nein, bitte nicht." entgegnete der Unbekannte. Den weiteren Abend verbrachte Marie mit ihm, trank Sekt und feierte ausgelassen. Sie redete sich selbst ein, dass Ben keine Rolle mehr spielte und war so überzeugend, dass sie es sich fast selbst glaubte.

Ben hingegen beobachtete sie misstrauisch. Was war das für ein Typ? Er erschien ihm seltsam. Gut möglich, dass seine eigenen Gefühle für Marie seine Wahrnehmung trübten, aber er wollte nicht, dass

sie ihm so nah war. Er empfand die Hand des Ker-
les als aufdringlich, wie sie da so auf Maries Po ruhte, während die beiden tanzten. Merkte sie gar
nicht, wie lächerlich sie sich machte? Fiel ihr nicht
auf, dass ER doch derjenige sein sollte, der sie so
zum Lachen brachte? Und dass die Umstehenden
sie musterten? Als Ben sich jedoch umblickte, fiel
ihm auf, dass die Feier ringsum weiterging und keiner sich gestört fühlte. Im Gegenteil, die meisten
schienen sich ehrlich zu freuen, dass Marie so viel
Spaß hatte.

***

Marie war so dankbar, dass Carlos sie nach diesem Abend mit so viel Geduld und offensichtlicher
Liebe umworben hatte, bis ihr Herz tatsächlich nur
noch für ihn geschlagen hatte. Er war ihr ein und
alles geworden, mit ihm wollte sie alt werden und
eine Familie gründen. Er war ein wunderbarer
Mann und liebevoller Vater gewesen. Warum ließ
sie es jetzt zu, dass die alten Gefühle für Ben wieder
aufkeimten? War das nicht so etwas wie Verrat an
Carlos? Wie sollte sie sich jetzt nur verhalten? Marie
seufzte als sie sich an die Mittagsvorbereitungen
machte. Die Ruhe im Kinderzimmer wäre sicher
bald vorüber und sie fühlte sich nicht in der Lage,
den sicheren Streit von Lily und Lotta sobald ihre
Bäuche knurrten jetzt schlichten zu können. Besser,
sie bereitete gleich etwas vor, was sie ihnen dann
anbieten könnte.

***

Am Nachmittag bestanden die Mädchen darauf, Ben zu besuchen, um ihm zu erzählen, dass sie ganz bald in den Kindergarten durften. Natürlich beharrten sie darauf, dass er sie zum Fest ebenfalls begleiten sollte. Ben hatte seine Arbeit unterbrochen und saß nun mit ihnen auf seiner Terrasse. Nachdem die Begrüßung irgendwie steif begonnen hatte, was vor allem daran lag, dass die beiden ihn links und rechts angefasst und in Stereo auf ihn eingeredet hatten, fühlte Marie sich etwas unbehaglich. Sie wusste immer noch nicht wie sie sich verhalten sollte. Unsicher ruhte Ben's Blick auf ihr.

„Ist alles in Ordnung mit dir?" fragte er. Verlegen spielte sie an ihrem Armband bevor sie ihn anblickte.

„Ja, schon. Es geht mir gut. Ich, ich weiß nur nicht, was ich sagen soll." Ein Lächeln zog über sein Gesicht und sofort setzten sich die Schmetterlinge in Marie's Bauch in Bewegung. Ben rückte ein bisschen näher und griff zart nach ihrer Hand.

„Hör zu, ich hoffe, es ist dir nicht peinlich, was ich gestern gesagt habe. Ich habe das ernst gemeint. Ich möchte nicht, dass du dich jetzt unwohl fühlst. Ich gebe dir alle Zeit der Welt und werde dich zu nichts drängen, aber ich will, dass du eines weißt: ich liebe dich. Egal, ob du diese Gefühle teilst oder nicht, ich will, dass du es weißt. Wie auch immer du dich entscheidest, ich werde immer dein Freund sein." Vor Rührung hatte Marie schon wieder Tränen in den Augen. „Bitte, nicht weinen. Ich will nicht, dass du traurig bist." Nun musste sie doch lachen. Wieso nur weckte er so viele Emotionen auf einmal in ihr? Nach dem Tod ihres Mannes hatte sie sich manchmal wie ein Eisblock gefühlt, unfähig zu irgendeiner emotionalen Regung – außer ihren Kindern gegenüber. Und nun schien es, als wollten sie sich endlich Bahn brechen. Sanft legte sie ihre Hand an seine Wange und lächelte ihn an.

„Ich bin nicht traurig. Ich bin glücklich, sehr glücklich." Irritiert blickte er sie an.

„Aber warum weinst du dann?"

„Deine Worte berühren mein Herz. Ich liebe dich, Ben." Ungläubig schüttelte er den Kopf. Eine Zentnerlast schien von ihm abzufallen als er sich leicht vorbeugte und sie vorsichtig küsste als wäre sie zerbrechlich. In diesem Moment fiel alle Sorge von Marie ab. Sie wusste, dass Carlos Verständnis hätte. Er würde für immer Teil ihres Lebens sein und sie würde ihn immer lieben. Aber er würde wollen, dass sie auch in Zukunft glücklich war. Er würde ihr einen neuen Partner wünschen. Was auch immer die Zeit bringen würde, jetzt wollte sie es genießen. Schweigend saßen sie später noch eine Weile nebeneinander auf der Terrasse. Ihr Kopf ruhte an seiner Schulter, während sie Lily und Lotta beobachteten, die ausgelassen durch den Garten tobten.

***

Ein wichtiger Architektenkongress verhinderte, dass sie sich in den nächsten Tagen sehen konnten, aber sie telefonierten jeden Abend miteinander. Ben's Anruf war das Highlight ihres Tages, obwohl sich Marie sicher nicht über Langeweile beklagen konnte. Lily und Lotta hielten sie gut auf Trab und auch in der Wohnung waren noch einige Handgriffe zu erledigen. Ben hatte versprochen, zum Sommerfest am Freitag in den Kindergarten zu kommen. Marie freute sich darauf fast ebenso sehr wie ihre Mädchen. Heute waren sie schon extra früh aufgewacht und hatten vor dem Frühstück jedes ihrer Kleider anprobiert, um sich für ihn hübsch zu machen. Während Marie noch müde an ihrer Kaffeetasse nippte und sich bemühte, munter zu werden, räumte sie all die achtlos weggelegten Kleidungsstücke wieder in den Schrank. Sie sehnte sich nach Schlaf und einer Haushälterin, die sich um das Chaos kümmerte, das ihre beiden Wirbelwinde in Sekundenbruchteilen produzieren konnten, nur weil sie kurz nicht aufgepasst hatte. Die Kombination, die sie sich schließlich für den Nachmittag ausgesucht hatten, war von solcher Scheußlichkeit, dass Marie nur lachen konnte. Lotta hatte sich für ihren lila Rock mit Pferden entschieden. Dazu wollte sie ihr Lieblings-T-Shirt tragen, dass durch seine strahlend orange Färbung eindeutig ein Eye-Catcher sein würde. Statt der sommerlichen Sandalen, die sie erst letzte Woche gekauft hatten, wollte sie ihre schwarzen Turnschuhe tragen, ebenfalls Lieblingsstücke. Lukas hatte sie ihr geschenkt und Marie fürchtete, Lotta würde sie nicht mal dann ausrangieren, wenn ihre Füße bereits doppelt so groß wären. Lily hatte ein dezentes unauffälliges neon-pinkes Kleid gewählt, das eigentlich wunderschön war. Da sie jedoch momentan dazu die quietschgrünen Gummistiefel (natürlich ebenfalls Geschenke von Lukas!) trug, würde ihr Anblick einmalig sein. Marie freute sich bereits jetzt auf die Fotos der beiden, die sie an diesem Tag von ihnen machen wollte. Sie war gespannt wie Ben auf ihren Anblick reagieren würde und musste bereits jetzt grinsen. Das wäre sicher nichts für schwache Nerven. Ben fehlte ihr so sehr. Gleichzeitig fühlte sie sich ihm so nah wie nie zuvor. Es war, als wäre sie endlich wieder heil. Sie liebte die Gespräche mit ihm, wie er interessiert zuhörte, wenn sie von ihrem Tag berichtete, ohne jemals gelangweilt zu sein. Sie liebte es, wie er ihr von seiner Arbeit erzählte, ihr Einblick gab, in die Dinge, die ihn beschäftigten und belasteten. Es waren tiefgehende, ehrliche Gespräche, in denen sie einander Einblick in ihre Herzen gaben. Sie sehnte sich danach, von ihm umarmt zu werden. Dann fühlte sie sich klein, zerbrechlich, kostbar. Es war so gut, den Halt zu fühlen, den er bot, seinen Duft zu riechen und zu wissen, dass er sie liebte. Doch das Beste war, dass er ihre Töchter ebenfalls liebte. Sie waren ihm keine Last, die es zu tragen galt. Hingebungsvoll lauschte er ihren Berichten, tobte und bastelte mit ihnen, neckte, sang und tröstete sie, als wäre es das Selbstverständlichste auf der Welt. Lily und Lotta liebten Ben ebenfalls. Vertrauensvoll liefen sie zu ihm, um von ihren Sorgen zu berichten und in den Arm genommen zu werden. Neben ihrem Onkel war Ben der einzige Mann, der so ein inniges Vertrauensverhältnis zu ihnen hatte aufbauen können, seit ihr Vater tot war.

***

Nur unwillig ließen Marie`s Gedanken sich in die Gegenwart zurückführen. Sie war noch immer damit beschäftigt, die Kleidungsstücke aufzusammeln, die Lilly und Lotta in ihrem Zimmer verteilt hatten. Alle fünf Minuten hatte Marie mehr oder weniger geduldig die Fragen „Wie lange dauert es denn noch?" und „Wann gehen wir denn endlich los?" beantwortet. Nun war es endlich so weit. Aufgeregt hüpfend und singend hielten ihre Mädchen sie an den Händen. Ihre kindliche Freude war einfach ansteckend. Gemeinsam bestaunten sie die liebevoll eingerichteten Räume, die hübschen Bastelarbeiten der Kinder und versuchten sich selbst an einigen. So viel Ausdauer und Begeisterungsfähigkeit hatte sie Lily und Lotta gar nicht zugetraut. Besonders beeindruckt war Marie jedoch von den Erzieherinnen, die eine unglaubliche Geduld an den Tag legten. Für jedes Kind nahmen sie sich Zeit, hörten zu, tauschten sich mit den Eltern aus und man hatte den Eindruck als gäbe es tatsächlich nichts Wichtigeres auf der Welt, als für die Kinder hier Zeit zu haben. Es war ein echtes Geschenk, dass Marie diesen Kindergarten gefunden hatte. Sie war sich sicher, dass Lily und Lotta mehr als nur gut aufgehoben waren. Beim Rennen durch den Garten hatten sie bereits Kontakte zu einigen Mädchen und Jungs geknüpft und auch ihren Erzieherinnen waren sie bereits vorgestellt worden. Selbst die sonst so schüchterne Lily war wie selbstverständlich zu Nadine gegangen und hatte ihr davon berichtet, dass sie erst neu hierhergezogen war und Ben heute auch noch kommen wollte. Lächelnd hatte Nadine zugehört und nachgefragt. Lotta hatte ihre Erzieherin Maria direkt umarmt. Die ruhig wirkende und bereits im mittleren Alter befindliche Frau strahlte genau die Ruhe und Gelassenheit aus, die Lotta guttun würde.

**

Etwas später setzte Marie sich auf eine Bank im Garten, um kurz Luft zu holen. Als sich ein Pappteller mit einem kunterbunten Kuchenstück in ihr Blickfeld schob, erschrak sie kurz. Es war Ben, der sich an sie herangeschlichen hatte.

„Hallo, schöne Frau." sagte er während er sich neben sie setzte und einen Kuss auf ihren Mund drückte. Überrascht, aber glücklich, ihn zu sehen, erwiderte sie sein Lachen und seinen Kuss.

„Hallo, Ben. Du bist tatsächlich gekommen." Abwehrend breitete er seine Hände aus.

„Na hör mal, ich habe es versprochen. Und ich halte meine Versprechen."

„Nein, so war das nicht gemeint. Ich dachte nur, du hast so viel zu tun und das hier ist doch nur ein einfaches Kindergartenfest...". Stockend brach sie ab.

„Nur ein Kindergartenfest?" wiederholte Ben. „Das ist die Party des Jahres, ich wurde von den beiden hübschesten Mädchen der Gegend eingeladen und du bist auch hier. Das lasse ich mir um keinen Preis der Welt entgehen." Bevor Marie reagieren konnte, ertönte ein ohrenbetäubendes Kreischen gefolgt von trabbelnden Schritten, die sich rasch näherten.

„BEEEEEEEEEEEEEEEEEEEEEEEEEN!" schrien Lily und Lotta unisono bevor sie sich auf seinen Schoß warfen. In diesem Moment war die Ruhe vorbei, denn selbstverständlich bestanden die Beiden nun darauf, Ben durch den Kindergarten zu führen und ihm alles zu zeigen, was sie bisher entdeckt hatten. Lachend und kichernd zogen sie also zu viert noch einmal durch das Haus wobei die Mädchen Ben keine Sekunde losließen. Selbst das Spiel mit dem überdimensionalen Puppenhaus genoss er ganz offensichtlich und hatte keinerlei Berührungsängste. Es stellte sich heraus, dass Maria war demnach eine ehemalige Klientin von Ben. Er hatte für sie vor einigen Jahren als Abschlussprojekt des Studiums ein Haus geplant, in dem sie nun mit ihrem Mann sowie ihrer Tochter samt Familie lebte. Es entspann sich ein heiteres Gespräch über die Herausforderungen und Glücksmomente im Zusammenleben zweier Generationen. Sie verließen das Haus erst als das Fest schon längst vorbei war. Lily und Lotta konnten es kaum erwarten, am Montagmorgen wiederzukommen. Aufgekratzt gingen sie nun zurück in ihre Wohnung. Gemütlich ließen sie den Abend bei Memory, Mensch-ärgere-dich-nicht-Spielen und fröhlichem Lachen ausklingen. Es fühlte sich selbstverständlich und einfach wunderbar an, gemeinsam in Marie's Küche zu sitzen. Nachdem die Mädchen am Tisch fast einschliefen, trugen Ben und Marie sie in ihre Betten bevor sie den Abend bei einem Glas Wein und Gesprächen beendeten und Ben schließlich in sein Haus zurückkehrte. Den Rest des Wochenendes verbrachten Marie und ihre Kinder mit entspannter Kuschelzeit, Toben im Park und am Sonntag mit einem Besuch im Tierpark der nächstgelegenen Stadt. Hier begleitete Ben sie, nachdem Lily und Lotta nachdrücklich auf seiner Anwesenheit bestanden hatten. In seinem Auto waren sie am Vormittag aufgebrochen und hatten ein paar ganz besondere Erlebnisse gehabt. Nach außen wirkten sie wie eine ganz normale glückliche Familie. Die Menschen um sie herum freuten sich an dem liebevollen Umgang Ben's mit den Mädchen. Das bedingungslose Vertrauen, das sie in ihn setzten, war nicht zu übersehen. Das glückliche Lachen über seine Grimassen zeugte von einer tiefen Vertrautheit, die auch sein Umgang mit

Marie und die bewundernden Blicke, die er ihr immer wieder zuwarf bestätigten. Nach der vielen frischen Luft, der Bewegung und dem Eis waren Lily und Lotta entsprechend müde. Sie trennten sich deshalb schon recht früh von Ben. Marie wollte die beiden endlich einmal wieder früher ins Bett legen nach den vielen Ausnahmen der letzten Monate zumal morgen ihr erster Kindergartentag anstand. Da wäre es wichtig, ausreichend Schlaf zu bekommen. Ben wartete an der Haustür bis sie im Inneren verschwunden waren. Es fiel ihm unendlich schwer, sie gehen zu lassen. Es fühlte sich so falsch an. Er wünschte, sie würde wieder bei ihm einziehen. Die Stille im Haus war mitunter unerträglich für ihn. Auf der Heimfahrt fasste er einen Entschluss. Er würde endlich mit offenen Karten spielen und damit Marie die Entscheidung überlassen wie es weitergehen sollte anstatt sich noch länger hinter wohlklingenden Argumenten zu verstecken, die ihm rieten, sich fernzuhalten. Wenn sie nicht an einer Beziehung interessiert wäre, würde er weiterhin ihr Freund sein können – nach einer gewissen Zeit, in der sein Herz heilen müsste. Aber falls sie sich eine Beziehung mit ihm vorstellen könnte, nun, dann würde sein größter Wunsch endlich in Erfüllung gehen. Bei diesem Gedanken schlug sein Herz schneller. Er hatte auch schon eine Idee.

***

Um 9 Uhr am Montagmorgen war Marie bereits zu Fuß unterwegs zu Ben's Haus. Sie dachte über alles nach, was sich in den vergangenen Wochen in ihrem Leben verändert hatte. Noch vor wenigen Monaten hatte sie sich nach Hoffnung gesehnt, nach dem Gefühl, dass sich doch alles wieder zum Guten wenden würde. Die kurze Auszeit bei Ben hatte nach einem riesigen Wagnis ausgesehen und sich dann zum Besten entwickelt, was hätte geschehen können. Für Lily und Lotta schienen weder der Umzug noch die Eingewöhnung in die neuen Gruppen ein Problem gewesen zu sein. Sie waren heute Morgen zwar aufgeregt aber trotzdem fröhlich in den Kindergarten gegangen. Selbst die schüchterne Lily hatte sich an der Tür lächelnd von ihrer Mama verabschiedet. Es war ihr erster Tag dort. Obwohl „Tag" eigentlich übertrieben war, denn schon um halb zwölf durfte sie ihre Töchter wieder abholen. Lächelnd ging sie nun zu Ben. Sie hatte sich vorgenommen, sich einen Überblick über die anstehenden Termine der nächsten Woche zu verschaffen und sich langsam in ihren Job einzugewöhnen.

***

Als sie die Tür aufschloss, stand er bereits im Flur. „Und, wie geht es dir heute?" fragte Ben als Marie das Haus betreten hatte. Die Kaffeetasse in der rechten und eine zweite dampfende Tasse in seiner linken Hand haltend, lächelte er sie an.

„Was machst du denn noch hier? Musst du nicht arbeiten? Hast du nicht ein großes Projekt zu beenden?" entgegnete sie ihm. Ben lachte.

„Ah, ich sehe schon, meine Assistentin hat meinen Zeitplan genau im Kopf. Komm schon, trink deinen Morgencappuccino mit mir. Dafür hattest du vorhin wahrscheinlich keine Zeit mehr." Lächelnd griff sie nach der angebotenen Tasse. Gemeinsam setzten sie sich an den Küchentisch. Ben hatte sogar ein leckeres Frühstück vorbereitet. Marie war sprachlos. Ein wenig verlegen sagte er:

„Naja, ich weiß, dass der Tag heute ein wenig schwierig für dich werden könnte. Deshalb dachte ich, ich überrasche dich mit einem leckeren Frühstück. Wie ich dich kenne, wolltest du die Zeit bis zum Mittag dazu nutzen, dich hier einzuarbeiten. Dabei hast du dir ein wenig freie Zeit mehr als verdient. Also, dann lass uns was essen. Ich habe schon richtig Hunger." Marie saß mit geröteten Wangen vor ihm. Fast eine Stunde lang aßen und schwatzten sie. Immer wieder lachten sie bei der Erinnerung an eine lustige Situation ihrer Kindheit oder aber ein Erlebnis mit den Mädchen. Nachdem die Küche wieder aufgeräumt war, fragte Ben:

„So, was machen wir jetzt mit der restlichen Zeit?" Marie stutzte.

„Was wir jetzt machen? Na, du musst an die Arbeit, oder nicht?"

„Nö, ich denke, das ist ein Vorteil der Selbständigkeit. Bei dringenden persönlichen Anlässen kann ich meine Arbeitszeiten flexibel gestalten. Heute

brauchst DU mal Unterstützung." Marie wollte ab-
wehren.

„Nein! Auf keinen Fall. Ben, was du in den letzten Tagen und Wochen für mich getan hast, ist viel
mehr als irgendjemand sonst tun würde. Wir durften bei dir wohnen. Ich darf für dich arbeiten. Du
hast mit mir geweint, gelacht, die Mädchen ver-
wöhnt und noch viel mehr." Ben trat auf sie zu, bis
er sie fast berührte. Sein Blick hielt ihren fest.

„Marie, das, was du für mich und deine Töchter
getan hast und tust, ist viel mehr wert als das, was
ich dir für die Arbeit in meinem Büro bezahlen werde. Du bringst hier täglich Sonne und Lachen herein, holst mich auf den Boden zurück, wenn ich
mich in komplizierten Gedankengängen verloren
habe. Außerdem gibt es da noch etwas zu klären
und das kann ich am besten, wenn wir in Bewegung sind." Mit diesen Worten nahm er ihre Hand
und bewegte sie dazu, ihre Jacke und Schuhe wieder anzuziehen. Es war noch ein wenig frisch, aber
es versprach, ein trockener, sonniger Tag zu werden
auch wenn Wolken am Horizont entlangzogen. So
machten sie sich auf den Weg in Richtung der Fel-
der. Eine Weile schwiegen sie, ihre Hand ruhte immer noch in seiner. Es fühlte sich gut an, so als gehörte sie genau dahin. Marie genoss seine Kraft und
Wärme und ließ sich von ihm mitziehen. Als der
Feldweg auf den Waldrand traf, blieb Ben unvermittelt stehen. Da Marie ihren eigenen Gedanken
nachhing, stolperte sie und fiel gegen ihn.

„Holla, du bist aber stürmisch!" sagte Ben. Maries Gesicht wurde von einer feinen Röte überzogen.

„Tschuldige" nuschelte sie. Mit seiner freien Hand griff er an ihr Kinn und hob es an, so dass sie ihm in die Augen schauen musste. Liebevoll blickte er sie an. Die Muskeln an seinem Kiefer spannten sich an. Langsam senkte er seine Lippen auf ihre. Wärme durchströmte sie. Es fühlte sich gut an. Mit der Hand konnte sie seinen Herzschlag spüren. Nach einem kurzen Moment beendete Ben den Kuss. Stattdessen zog er Marie mit sich auf eine Bank.

„Hör mal, es tut mir leid, wenn ich dich überfallen habe....mit dem was ich gesagt habe, meine ich. Aber ich trage das jetzt schon so lang mit mir herum. Ich dachte, ich wollte...ich glaube, ich wollte es einfach endlich einmal sagen. DIR sagen. Was auch immer mit uns wird, wollte ich, dass du weißt, dass ich....ähm..." Verlegen streichelte er Maries Hand. „Ich meine, auch wenn für mich kein Platz in deinem Herzen ist, ist das in Ordnung. Ich möchte nur, dass du weißt, dass ich dich liebe." Seufzend, so als sei ihm eine große Last genommen, blickte er sie an. „Puh, jetzt ist es raus. Wie lange wollte ich das schon sagen. Aber am Anfang war es einfach unpassend. Später ging es nicht mehr so einfach..." Marie war wie gebannt. Sie brachte kein Wort heraus. Nach einem Räuspern fragte sie:

„Wie… ähm, wie lange denkst du so?" Ben streichelte zärtlich ihre Wange. Er lächelte sie an.

„Wie lange? Willst du die ehrliche Antwort?" Als er ihr Nicken sah, nickte er ebenfalls. „Nun, eigentlich schon immer. Kannst Du Dich noch an den Tag erinnern, als ich das erste Mal bei euch zu Hause war." Fragend zog Marie die Augenbrauen hoch.

„Nein. Ich weiß, dass du dich oft mit Lukas bei uns getroffen hast, aber das erste Mal? Nicht, dass ich wüsste." Leise lachte Ben, dann blickte er ihr in die Augen und setzte das Streicheln ihrer Hand fort.

„Das dachte ich mir. Ich bin an eure Schule gekommen als ich 14 Jahre war. Meine Eltern sind in diesem Sommer hierhergezogen. An meinem ersten Schultag sprach mich Lukas an. Wir waren irgendwie sofort auf einer Wellenlänge. Und wir verabredeten uns. Ich wollte gleich am nächsten Tag zu ihm nach Hause kommen. Dort haben wir gekickt und das aktuellste PC-Spiel getestet. Wie hieß das gleich noch? Ach, das habe ich vergessen. Während wir ganz vertieft dasaßen, ich glaube, Lukas zeigte mir eben ein Level, dass ich selbst noch nicht durchquert hatte, kamst du plötzlich die Treppe herunter. Du warst gerade neun Jahre alt geworden. Ich weiß das, weil überall noch Luftballons mit einer großen Neun herumlagen. Dein Bruder sagte, ihr hättet am vergangenen Wochenende den Geburtstag seiner Schwester gefeiert. Du bist die Treppe nicht gelaufen. Nein, du bist über jede einzelne Stufe gesprungen. Und du hast dabei vor dich hin geträllert. Ich weiß nicht, ob du uns nicht gesehen hast oder es dir einfach egal war. In diesem Augenblick war es um mich geschehen." Marie lachte.

„Du nimmst mich auf den Arm."

„Nein, wirklich. Das ist mein voller Ernst. An diesem Tag habe ich mein Herz an dich verloren. Und nach all den Jahren hältst du es nach wie vor in deinen Händen." Ihr schien es als würde sich die Welt jetzt in der eigentlich richtigen Form zusammenfügen. Tränen des Glücks flossen aus ihren Augen.

„Ben, ich kann gar nicht sagen wie viel mir das bedeutet. Ich habe so lange gehofft, dass du meine Gefühle erwiderst. Ich wollte so sehr als Frau gesehen werden. Ich hatte immer Angst, dass du mich nur als das lästige kleine Anhängsel deines Freundes betrachtest. Ich habe mich nicht getraut, dir das zu sagen. Das wäre einfach zu demütigend gewesen. Damals nach dem Abschlussball hatte ich zum ersten Mal den Eindruck, dass du mich mit anderen Augen siehst. Dein Blick war so …, ich weiß nicht, intensiv. Es hat sich anders angefühlt als sonst in deinen Armen zu liegen als du mich getröstet hast. Doch dann hast du mir einfach die Tür deines Schlafzimmers vor der Nase zugemacht und ich habe mich wieder wie das kleine Mädchen gefühlt. Abgelehnt, abstoßend, ungewollt." Ben drückte einen Kuss auf Marie's Wange.

„Es tut mir so leid. Ich war so ein Idiot. Du sahst an dem Abend so unglaublich aus, das es mich eiskalt erwischt hat. Ich konnte nicht mehr klar denken, wusste nur, dass du Hilfe brauchst. Als ich dich in meinen Armen hielt, war das ein ganz besonderer Moment für mich. Ich habe dich ganz sicher als Frau gesehen. Dennoch wollte ich deine Situation nicht ausnutzen. Der Typ hatte dich mies behandelt, du warst verletzlich und ich wollte das auf keinen Fall ausnutzen. Wenn wir einander schon näherkämen, dann sollte das nicht geschehen, weil du emotional total verwirrt bist. Ich wollte, dass du dich ganz bewusst für mich entscheidest. Also habe ich Abstand geschaffen. Ich traute mir selbst nicht mehr über den Weg. Wie es dir damit gegangen sein muss, hatte ich nicht bedacht. Es tut mir unendlich leid." Marie kuschelte sich wieder an seinen Brustkorb. Wenn sie doch nur schon eher miteinander offen gewesen wären, wie viel Traurigkeit und Verletzungen hätten sie sich erspart? Auf der anderen Seite, jetzt, wo sie sich ihre wahren Gefühle wirklich gestanden hatten, lagen ganz neue Möglichkeiten vor ihnen. Sie beide hatten einige Lebenserfahrungen gemacht, waren reife Erwachsene geworden und teilten viele kostbare Erinnerungen. Konnten sie auf diesen aufbauen? Sie würde jedenfalls alles daran setzen – für ihn, für sich und für ihre Töchter. Sie strahlte ihn an. Er war ihr bester Freund und nun konnte sie ihm alle Ecken ihres Herzens offenbaren. Keine Geheimnisse mehr, keine enttäuschten Erwartungen mehr, weil er nicht wusste wie sehr sie sich nach seiner Aufmerksamkeit sehnte. Ein unüberhörbares Grummeln brachte sie beide zum Lachen. Ben hatte sich als Erster wieder im Griff.

„Na komm, du hast ganz offensichtlich großen Hunger. Lass uns zurückgehen." Hand in Hand schlenderten sie zurück zum Haus, wo Ben Marie zum gedeckten Tisch führte und ihr einen leckeren Cappuccino mit viel Milchschaum servierte. Bevor sie sich schließlich doch noch an die Arbeit im Büro wagten, genossen sie ein herrlich entspanntes und köstliches Frühstück. Ihr Herz floss über vor Liebe zu diesem Mann, der sie so sehr verwöhnte.

***

Die Zusammenarbeit klappte gut. Ben gab ihr eine Einweisung in ihre Aufgaben, zeigte ihr die anstehenden Projekte und die Daten zu den wichtigsten Klienten. Viel zu schnell zeigte die Uhr 11.15 Uhr und Marie machte sich auf den Weg zum Kindergarten, um ihre Töchter abzuholen. Ben stand im Türrahmen, ein lässiges Grinsen auf den Lippen.

„Bis morgen, ja?" Marie trat auf ihn zu, küsste ihn sanft auf die Wange und entgegnete:

„Ja, bis morgen, Boss." Sie wollte an ihm vorbei gehen doch er hielt sie zurück.

„Ich freue mich jetzt schon. Vielleicht haben die Damen heute Nachmittag Lust, ein Eis im Park mit mir zu essen? Ich würde euch einladen." Glücklich lächelnd nickte sie ihn an.

„Sehr gern, wir freuen uns."

***

Im Nachhinein konnten sie sich nicht mehr erinnern was genau der Auslöser gewesen war, aber ab diesem Tag verbrachten sie auch weiterhin viel Zeit zusammen. Vermutlich hatte es damit begonnen, dass einer von ihnen angemerkt hatte, dass es unsinnig sei, wenn Marie mit ihren Kleinen allein in der Wohnung kochte während Ben für sich allein im großen Haus zu Mittag kochte. Wenn es viel zu tun gab, aßen sie einfach Sandwiches oder Reste vom Vortag. War jedoch Zeit, kochte Ben während Marie die Mädchen aus dem Kindergarten holte. Manchmal tauschten sie die Rollen auch. Sie alle fühlten sich mit diesem Arrangement mehr als wohl. Für Lily und Lotta wurde Ben mehr und mehr die verlässliche Bezugsperson, die ihr Vater hätte sein sollen. Er liebte sie, ermahnte sie und unterstützte sie. Vor allem jedoch liebte er Marie.

***

Eines Tages war ihr jedoch nichts von der Lebensfreude und Energie abzuspüren, mit der sie sonst sein Büro betrat. Sie war blass und sah müde aus.

Erschrocken sprang Ben von seinem Schreibtisch auf und erreichte sie gerade noch rechtzeitig bevor sie ohne jede Vorwarnung ohnmächtig wurde. Er fing sie in seinen Armen auf und trug sie nach oben ins Wohnzimmer, wo er sie sanft auf die Couch legte. Ihr Gesicht war schneeweiß und heiß vor Fieber. Sie glühte geradezu. Als er ihr ein kühles Tuch auf die Stirn legte, schlug sie die Augen auf.

„Was ist passiert?" fragte sie mit zittriger Stimme.

„Du bist ohnmächtig geworden. Warum bist du nicht zu Hause im Bett geblieben, Marie? Du bist krank. Dein Körper glüht vor Fieber. Was machst du hier?" Sie schien völlig entkräftet zu sein, denn ihre Augen fielen ihr schon wieder zu. Er lief in die Küche und kam mit einem Glas Wasser zurück. „Marie, komm schon, wach auf." Sanft rüttelte er sie.

„Mir ist so kalt." sagte sie als er ihr das Glas an die Lippen hielt. Er hüllte sie in eine warme Decke ein.

„Warum bist du nicht im Bett geblieben?" verlangte er zu wissen.

„Ich bin zum Arbeiten hier." Vorsichtig versuchte sie sich an einem Lächeln, aber der Versuch misslang deutlich.

„Du bist krank! Du gehörst nirgendwo anders hin als ins Bett." Marie schüttelte den Kopf.

„Ich bin nicht krank. Als ich heute aufgewacht bin, war mir einfach ein wenig schwindlig. Mein Kreislauf ist irgendwie ziemlich schwach." Ben schüttelte seinen Kopf.

„Nein, Süße, du bist krank. Du glühst vor Fieber, kannst kaum die Augen offen geschweige denn dich auf den Beinen halten. Das ist gefährlich, was du tust. Ich bringe dich jetzt nach Hause und du wirst dich brav ins Bett legen und so lange schlafen bis du wieder gesund bist." Sie versuchte sich zu wehren als Ben sie auf die Arme nahm und zur Tür ging. Sie war viel zu schwach und gab den Versuch bald auf.

„Ich kann nicht, Ben, ich will für dich arbeiten und meine Mädels abholen. Ich kann mich nicht einfach ins Bett legen." Ohne Zögern trug er sie zum Auto. In ihrer Wohnung angekommen brachte er sie ins Bett, stellte etwas zu Trinken auf ihren Nachttisch und besorgte in der Apotheke einige schmerzstillende Medikamente. Dann legte er das Telefon dazu und gab ihr die strikte Anweisung, sie sofort anzurufen, wenn ihr etwas fehlte. Er würde ihr eine Suppe besorgen und zum Mittag mit Lily und Lotta wiederkommen, um nach ihr zu schauen. Marie war schon in einem Dämmerzustand, nickte jedoch als habe sie verstanden was er gesagt hatte.

***

Verständlicherweise waren Marie's Töchter sehr überrascht als Ben sie am Mittag abholen kam. Nachdem er erklärt hatte, dass ihre Mama krank war und sie deshalb noch eine leckere Hühnersuppe mit frischem Ciabatta im Café an der Ecke holen würden, war der Unmut schnell verschwunden. Stolz trugen sie die Tüte mit dem duftenden Brot zu ihrer Wohnung hinauf. Ben instruierte sie, still und leise in die Wohnung zu schleichen und schon einmal Löffel auf den Tisch in der Küche zu legen. Er selbst wollte zunächst nach Marie sehen. Er öffnete behutsam die Tür zu ihrem Schlafzimmer, um sie nicht zu wecken. Sie lag auf der Seite und schien tief und fest zu schlafen. Die Wasserflasche war immerhin zur Hälfte geleert. Der Obstteller war jedoch nicht angerührt worden. Ben entschied, sie vorerst in Ruhe zu lassen. Er gesellte sich zu den Mädchen in der Küche und aß die überaus köstliche Hühnersuppe. Als ihr Hunger gestillt war, füllte er eine Portion in eine kleine Schüssel und brachte sie Marie. Lily und Lotta hatten Sehnsucht und wollte mitkommen. Sie versprachen, ihre Mama nicht zu wecken. Diese schien die Gegenwart der Drei jedoch zu spüren, denn sie öffnete ihre Augen und drehte sich schwerfällig auf den Rücken. Ihre Stimme klang kratzig und so als sollte sie dringend geölt werden. Er reichte ihr die Schüssel. Sie war so schwach, dass ihre Hände zitterten als sie danach griff. Als Ben das realisierte, nahm er sie ihr wieder ab.

„Lily, tu mir einen Gefallen. Geh in die Küche und such einen Strohhalm, ja?" Froh, helfen zu können, sprang die Kleine auf. Kurz danach war sie zurück und reichte Ben stolz das Ergebnis ihrer Suche – einen quietschgelben Strohhalm. Er steckte ihn in die Schüssel, die er anschließend Marie hinhielt.

„Hier, trink wenigstens etwas. Du brauchst dringend Flüssigkeit. Wie fühlst du dich?"

„Es geht. Mein Kopf tut weh und ich bin so müde." Lotta drückte ihrer Mama einen Kuss auf die Hand als diese wie geheißen Suppe trank.

„Ich hab dich lieb." flüsterte sie.

„Mädels, ich schlage vor, wir lassen eure Mami jetzt wieder schlafen und gehen ein bisschen spielen." Während er die beiden zur Tür scheuchte, drehte er sich noch einmal zu Marie um.

„Hör zu, ich nehme sie mit zu mir. Dort können sie spielen und ich versuche noch ein wenig zu arbeiten. Du rufst mich an, wenn etwas ist und heute Abend bringe ich sie dir wieder. Du ruhst dich so lange aus." Ein schwaches Kopfnicken war die einzige Reaktion, die sie zustande brachte. Ihre Augen waren bereits geschlossen und der Kopf sank zur

Seite, ein deutliches Zeichen dafür, dass sie schon wieder eingeschlafen war.

Den Nachmittag über tobte das Leben in Ben's Atelier. Lily saß stolz an „ihrem" Schreibtisch und zeichnete während Lotta kaum stillsitzen konnte. Sie fand viel mehr Interesse an den faszinierend aussehenden Dingen auf seinem Reißbrett und den plastischen Modellentwürfen auf den Regalen. Für Ben war es eine ganz schöne Herausforderung, sich ausreichend auf den aktuellen Entwurf zu konzentrieren und gleichzeitig den Wirbelwind zu bändigen, der durch sein Büro tanzte. Schließlich jedoch fand er eine Lösung, die allen gleich viel Spaß machte. Lily erhielt den Auftrag ein Haus für ihre gesammelten Tierfiguren zu entwerfen, dass Ben in den nächsten Wochen mit ihr bauen wollte. Mit Feuereifer machte sie sich an das Werk. Sie zeichnete, korrigierte, änderte und ging ganz in ihrer Aufgabe auf. Lotta wurde von Ben beauftragt, aus den zahlreichen Bauelementen, die von seinem letzten Projekt übrig waren und in einer großen Schachtel unter dem Fenster lagen, einen großen Spielplatz zu bauen. Der Kindergarten hatte ihn in der letzten Woche angesprochen und um ein Angebot gebeten. Auf der schönen großen Wiese sollten neue Spielmöglichkeiten entstehen. Als Fachmann wusste er, dass es für die besten Ergebnisse wichtig war, sich alle notwendigen Informationen für ein Projekt direkt an der Quelle zu holen. Die Experten für Spielplätze waren Kinder. Sie wussten am besten, welche Geräte am meisten Spaß machten und womit sie sich am liebsten ihre Zeit vertreiben wollten. Was lag da näher als ein temperamentvolles Kind mit der ersten Planung zu beauftragen? Zu seinem Erstaunen nahm Lotta die Aufgabe mehr als ernst. Hingebungsvoll stapelte, schlichtete und formte sie die Materialien bis ihre Idealvorstellung erreicht war. Auf diese Weise waren sie alle intensiv beschäftigt. Naja, vielleicht hatte auch die extra große Schüssel mit Gummibären und Keksen etwas damit zu tun, aus der sie sich bedienen durften, solange sie an ihren Aufgaben blieben.

***

Als sie um sieben in Marie's Wohnung zurückkamen, brachten sie eine selbstbelegte Pizza mit. Marie war wach, sah aber immer noch sehr blass aus. Immerhin war ein wenig Obst von dem Teller verschwunden.

„Hallo ihr" sagte sie. Lily und Lotta krabbelten auf ihr Bett und bekamen die Nähe und Zärtlichkeit, die so typisch für ihre Mama war. Auch Marie hatte ihre Kinder offensichtlich sehr vermisst und genoss es um so mehr, sie nun wieder hier zu haben. Ben holte Teller aus der Küche. Lily und Lotta rief er zu sich an den Bettrand. Nicht, dass sie sich noch ansteckten. So machten sie ein gemütliches Pizzapicknick in Marie's Schlafzimmer bevor Ben die Mädchen in ihre eigenen Betten brachte. Die Gute-Nacht-Geschichte und die Berichte des heutigen Tages nahmen einige Zeit ein. Die Aufregung war einfach zu groß gewesen. Als er noch einen Blick auf Marie warf, schlief diese bereits wieder. Er füllte neues Wasser in ihre Flasche und räumte das schmutzige Geschirr weg. Er überlegte hin und her was er nun tun sollte. Konnte er nach Hause fahren? Was wäre, wenn es Marie in der Nacht nicht gut ginge? Könnte sie morgen tatsächlich schon wieder den Weg in den Kindergarten bewältigen? Ben entschloss sich, hier zu bleiben. Die Couch war recht klein, aber es würde gehen. So konnte er sicherstellen, dass Marie wirklich die ganze Nacht schlafen konnte und die Mädchen nicht auf sich gestellt wären. Er suchte ein Kissen und eine Decke und machte es sich noch eine Weile auf dem Sofa gemütlich bevor auch er sich zur Ruhe legte.

***

Der neue Tag begann anders als erwartet. Noch bevor Ben's Verstand erfassen konnte was genau vor sich ging, spürte er kleine Finger, die ihn an den Ohrläppchen, dem Hals und der Nasenspitze zupften. Er brauchte einen Moment, um ganz zu sich zu kommen. Lotta grinste ihn breit an. Stöhnend richtete er sich auf wobei er einen vorsichtigen Blick auf seine Armbanduhr warf. Warum hatte sein Wecker denn nicht geklingelt? Hatten sie etwa verschlafen? Als sein Hirn die Ziffern auf der Uhr endlich in eine logische Folge gebracht hatte, sank er wieder zurück. Es war gerade mal halb sechs! Der Wecker hätte um sieben klingeln sollen.

„Was machst du hier?" fragte er.

„Ich hab' ausgeschlafen. Jetzt ist mir langweilig." verkündete Lotta strahlend.

„Es ist doch noch mitten in der Nacht. Warum bist du schon wach?" Fröhlich hüpfte die Kleine zu ihm auf die Couch. Ben rollte sich auf die Seite damit sie nicht herunterfiel.

„Mama sagt, ich bin ein Frühaufsteher. Ich kann einfach nicht mehr schlafen. Bringst du mich jetzt in den Kindergarten? Ich muss Maria dringend erzählen, dass wir gestern selber Pizza gemacht haben." Lachend nahm Ben sie in den Arm.

„Süße, Maria schläft noch friedlich in ihrem Bett. Niemand außer uns beiden ist wach. Also kann ich dich noch gar nicht in den Kindergarten bringen. Was ist mit deiner Schwester? Ist die auch wach?" Frustriert schüttelte Lotta ihr Köpfchen.

„Nein, die schläft noch. Ich habe versucht, sie zu wecken, aber sie hat mich einfach weggeschickt." Mit verschränkten Ärmchen und einem trotzigen Gesichtsausdruck war sie einfach zu niedlich. Ben akzeptierte das Unausweichliche und rappelte sich hoch.

„Ok, ich schlage vor, du schleichst wie ein Mäuschen in dein Zimmer zurück und holst ein paar Bücher. Ich mache uns inzwischen eine heiße Schokolade und dann machen wir es uns hier gemütlich bis es wirklich Zeit ist für den Kindergarten, ja?" Ein Lächeln überzog ihr Gesicht und sie sprang begeistert auf. Wenige Minuten später saßen sie eingehüllt in eine kuschelige Decke, jeder mit einer Tasse in der Hand nebeneinander und vertieften sich in die Geschichte des kleinen Spatzens. Sie war so bildhaft und eindrücklich geschrieben, dass sie vollkommen die Zeit um sich herum vergaßen. Wieder und wieder tauchten sie ein, erzählten sie mit eigenen Worten und freuten sich als der kleine Spatz am Ende der Geschichte endlich furchtlos und mutig war. Als Lotta's Augen wieder schwer wurden, nutzte auch Ben die Gelegenheit noch eine Weile vor sich hinzudösen bis der Wecker eine halbe Stunde später tatsächlich klingelte. Er frühstückte mit Lily und Lotta, brachte Marie Tee und Toast ans Bett und stellte zufrieden fest, dass das Fieber etwas gesunken war. Er brachte die Mädchen in den Kindergarten und machte sich an die Arbeit. Bisher hatte er nicht mehr als ein müdes Lächeln für diejenigen übrig gehabt, die ihm von zu kurzen Nächten berichtet hatten, weil die Kinder krank waren oder zu früh aufstanden. Trotz des offensichtlichen Schlafmangels berichteten sie gleichzeitig davon, dass ein einziges Lachen des Nachwuchses jegliche Mühen vergessen machen würde. Sicher, die konnten einem viel erzählen. Er hatte das nie geglaubt. Während er an seinem Reißbrett saß, eine Tasse heißen Kaffee in der Hand und den Plan für das Bauprojekt noch einmal kritisch prüfte, musste er jedoch zugeben, dass da wohl oder übel etwas dran sein musste. Ja, er hatte sich heute Morgen wirklich aus dem Bett quälen müssen. Und nicht einmal eine einzige Minute für sich allein zu haben, weil ständig ein Kind etwas von ihm wollte – mal war es die Müslischüssel, dann das eine Kleid, das ganz oben im Schrank lag, weil es nicht Zähneputzen oder einen anderen Brotbelag haben wollte - es war ein unbeschreibliches Gefühl gewesen, als Lily und Lotta ihn müde angelächelt hatten. Und erst der Abschied im Kindergarten. Voller Stolz und Freude waren sie in ihren Gruppen verschwunden, nur um kurz darauf noch einmal umzudrehen und ihm ein feuchtes Küsschen auf die Wange zu drücken. Schon die Erinnerung daran brachte ihn zum Schmunzeln. Ja, nach all den Jahren, in denen er ganz einfach davon ausgegangen war, dass er definitiv kein väterlicher Typ war und ganz sicher nicht geeignet war, die Verantwortung für kleine Menschen zu übernehmen, war irgendetwas ins Wanken geraten. Jahrzehntelag für das seelische, körperliche und emotionale Wohlbefinden eines hilflosen Wesens zuständig zu sein, hatte sich immer wie eine Bürde angefühlt. Nun jedoch, nachdem er seit Monaten fast täglich mit Lily, Lotta und Marie zusammen war, bemerkte er, dass es ihm mittlerweile eher wie eine Qual erschien, auch nur einen Tag ohne sie zu sein. Er liebte das Lachen, Schnattern, Spielen. Selbst die Streitereien um Haarspängchen und Stifte waren ihm jetzt nicht mehr unangenehm. Er entdeckte, dass der Elternberuf mindestens den

Status von Diplomaten erhalten sollte, wenn nicht sogar eine Auszeichnung mit dem Bundesverdienstkreuz nach sich ziehen sollte. Zu sehen, dass jegliche Meinungsverschiedenheit in sehr kurzer Zeit vergessen werden konnte und die Mädchen wieder hingebungsvoll miteinander spielten.

***

Als sein Neun-Uhr-Termin eintraf und er mit Herrn Petersen den Entwurf seines Einfamilienhauses besprach, fiel es ihm wie Schuppen von den Augen. Er riss sich zusammen, um seinem Kunden die volle Aufmerksamkeit zu widmen, die er verdient hatte. Doch kaum hatte er das Architekturbüro verlassen, sackte Ben auf seinem Stuhl zusammen. Die Erzählungen von Herrn Petersen, der Stolz und die Vorfreude auf sein erstes Kind, das in wenigen Wochen geboren werden sollte und die offensichtliche Liebe zu seiner Frau, hatte ihm klar gemacht, dass es genau das war, wonach auch er sich sehnte. Nein, er sehnte sich nicht danach, er hatte es schon. Er liebte Lily und Lotta. Er liebte Marie. Er wollte der Mann in ihrer aller Leben sein, der morgens mit ihnen aufwachte, mit ihnen spielte und abends wieder zu ihnen nach Hause kam. Er wollte nie wieder ohne sie sein. Wenn er später zurückdachte, war das der Moment, in dem ihm klar wurde, dass er Marie heiraten würde. Sie war die Königin seines Herzens. Glück durchströmte ihn und er machte sich mit neuer Energie an die Arbeit, damit er nachher rechtzeitig im Kindergarten sein könnte, um die

Prinzessinnen seines Lebens abzuholen. Immerhin standen ein Spielplatz und ein selbstgebauter Stall auf dem Programm.

***

Nach zwei weiteren Tagen im Bett ging es Marie wieder besser. Sie fühlte sich stark genug, ihren Alltag wieder selbst zu gestalten. Ben freute sich auf ununterbrochene Nächte und selbstbestimmte Aufwachzeiten in seinem eigenen Schlafzimmer und vermisste gleichzeitig die frühmorgendlichen Buchzeiten mit Lotta. Ihr Entwurf für den Spielplatz hatte ihn sehr beeindruckt. Mit ein wenig Verfeinerung bzw. statischer Anpassungsarbeit hatte er ihn schließlich dem Kindergartenvorstand präsentiert. Dort war er begeistert aufgenommen worden und sobald die entsprechenden Fördermittel tatsächlich freigegeben wären, sollten die Bauarbeiten beginnen. Ben war sehr stolz auf die Kleine. Lily's Zeichnungen setzten sie in den kommenden Tagen und Wochen ebenfalls in die Realität um. Das Resultat war ein wunderschönes Holzhaus mit unzähligen Details, die ihre ganz persönlichen Vorlieben zum Ausdruck brachten. Da waren die kleinen Blümchen auf der Veranda, die Schmetterlingszeichnungen an den Wänden und die angedeuteten Gardinen, die an einem normalen Stall eher fehl am Platze waren, hier jedoch einfach zauberhaft wirkten. Mehrere Nachmittage lang hämmerten, sägten und zeichneten sie gemeinsam in Ben's Garten daran. Als es endlich fertig war, mussten unzählige Fotos an Lukas verschickt werden. Vor lauter Stolz auf ihr Werk sprang und hüpfte Lily eine Weile durch den Garten bevor sie sich selbstvergessen im Spiel verlor. Am Abend brachten sie das Haus in Marie's Wohnung, die ihn mit offenen Augen anstarrte.

„Was ist das denn?" fragte sie.

„Mama, Mama, schau mal, was wir gebaut haben. Das ist MEIN Haus, ganz allein meines. Ich habe es gezeichnet und Ben hat es gebaut."

„Ben, ist das wahr?" Er umarmte sie zur Begrüßung und lachte.

„Ja, diese Nachwuchsarchitektin hier hat ein ganz eigenes Haus entworfen und wir haben es anschließend gebaut. Damit haben wir die letzten Nachmittage verbracht. Ich sage dir, deine Töchter haben ein gutes Auge. Wusstest du, dass Lotta den neuen Spielplatz für den Kindergarten geplant hat?" Völlig überrascht von den vielen Informationen schloss Marie als erstes die Wohnungstür bevor sie den Ankömmlingen ins Wohnzimmer folgte.

„Kannst du das bitte noch mal langsam sagen? Ich habe kein Wort verstanden." Ben hatte sich auf der Couch niedergelassen. Marie setzte sich dazu und blickte ihn fragend an.

„Es ist ganz einfach. Als du krank warst, hat Lily in meinem Atelier ein Haus für ihre Tiere entworfen, das wir in den letzten Tagen zusammen gebaut haben. Das Ergebnis siehst du hier vor dir. Während ich an einem meiner Projekte arbeitete, gestaltete Lotta ihren Traumspielplatz. Der Kindergarten plant nämlich einen entsprechenden Neubau. Sie hat wirklich tolle Ideen gehabt, die ich dem Vorstand präsentierte. Und sobald das Geld vorhanden ist, beginnt die Umsetzung des Planes. Du siehst also, deine Töchter haben wirklich Talent." Absolut überrascht hatte Marie seinen Worten gelauscht. Dann lachte sie auf.

„Nun, also wenn das so ist, dann ist das wohl mehr als genug Grund zum Feiern, finde ich." Ben erhob sich und ging auf sie zu.

„Nicht zu vergessen die Tatsache, dass du wieder gesund bist und ich heute ebenfalls ein wichtiges Projekt für ein einzigartiges Einfamilienhaus unter Dach und Fach bringen konnte." Marie strahlte ihn an.

„Wirklich? Das ist ja unglaublich! Dann müssen wir wirklich feiern. Leider sind meine Vorräte ein wenig beschränkt. Ich hätte Schokoladenkekse, heiße Schokolade und zum Nachtisch ein Eis am Stiel zu bieten. Wahlweise finde ich bestimmt auch noch Spaghetti und eine Tomatensoße kann ich improvisieren." Ben hob sie hoch, gab ihr einen Kuss und setzte sie dann sanft wieder ab.

„Meine Liebe, das klingt wunderbar. Ich kann mir nichts Besseres vorstellen." Wieder ging ein Abend mit Gelächter, leckerem Essen und viel Zeit vorüber.

Ein Dreiviertel Jahr später

Das neue Jahr war mittlerweile schon wieder fünf Monate alt. Die ersten Frühlingsblüher hatten die gefrorene Erde durchbrochen und streckten vorsichtig die ersten zarten grünen Triebe in die Höhe. Ben saß in seiner Küche und dachte zurück an die vergangenen Monate. Das Weihnachtsfest hatten sie gemeinsam in Marie's Wohnung verbracht. Überall hatte es nach Zimt und Plätzchen geduftet. Dicke weiße Schneeflocken waren vom winterlichen Himmel gefallen. Sie hatten rund um den wunderschön geschmückten Tannenbaum gesessen und beobachtet wie die Mädchen mit strahlenden Augen ein Geschenkpäckchen nach dem anderen öffneten.

***

Die Christmette am ersten Weihnachtsfeiertag hatten sie gemeinsam besucht, um Lily und Lotta beim Krippenspiel zu bewundern. Ben's Herz platzte fast vor Stolz, als er sah, wie die beiden ihre Texte aufsagten und das Weihnachtswunder dadurch lebendig wurde. Er sah und hörte die Geschichte mit einem Mal mit anderen Augen. Der Ernst, mit dem sie ihre Rollen gelernt und ihm erklärt hatten, warum sie überhaupt Weihnachten feierten, hatte ihn tief berührt. Er spürte, dass mehr dahinterstecken musste als bloße Tradition. Das war auch der Grund warum er sich in den Wochen danach zu einem Schritt durchgerungen hatte, der noch vor kurzem undenkbar gewesen wäre. Er besuchte gemeinsam mit Marie den Gottesdienst in der Gemeinde, in die sie seit ihrem Umzug hierher ging. Es erstaunte ihn, mit welcher Herzlichkeit er empfangen wurde. Als wäre es ganz selbstverständlich, dass er als neugieriger Gast dazukam. Seitdem waren sie jeden Sonntag hier gewesen. Manche Predigt war ihm zu theologisch. Er tat sich schwer mit den vielen „Fachbegriffen", die für Christen wohl selbstverständlich waren. Was bedeutete „Gnade" tatsächlich? Was ist gemeint, wenn sie von „Wiedergeburt" sprechen? Dank seines ihm eigenen Starrsinns gab er nicht eher auf zu suchen bis er eine Antwort gefunden hatte, die er verstand. Aus diesem Grund traf er sich bereits seit Januar mit dem Pastor der Gemeinde. Michael war um die fünfzig, viel gereist und lies sich von keiner Frage aus dem Konzept bringen. Er war geduldig, offen und hatte Ben von Anfang an beeindruckt, weil er seine Fehler und Schwächen nicht verheimlichte, sondern immer wieder betonte, dass er selbst nicht unfehlbar sei. Allein durch Gottes Gnade könne er wirklich frei sein. Bei ihren täglichen Treffen sprachen und beteten sie ganz offen miteinander. Es waren unbeschwerte und sehr bereichernde Stunden für ihn. Heute jedoch war es etwas ganz Besonderes gewesen. Zum ersten Mal hatte er gespürt, dass Gott mit ihm sprach. Eine Wärme hatte ihn erfüllt während des Gebetes und er fühlte sich frei und leicht. Das war so toll, dass er es Michael gegenüber äußerte. Er wünschte sich so sehr, dass er es jeden

Tag so empfinden könnte. Michael lächelte ihn fröhlich an.

„Es spricht nichts dagegen." hatte er fast lapidar geantwortet. Er hatte vorgeschlagen, ein sogenanntes Übergabegebet zu sprechen und Jesus sein Leben anzuvertrauen. Zunächst war Ben sehr überrascht. Dann jedoch hatte er beschlossen, alles auf eine Karte zu setzen und hatte diesen Schritt gewagt. Und nun saß er hier und rief sich das Erlebnis immer wieder in Erinnerung. Es war unglaublich. Dieser Gott, von dem Marie schon seit Jahren sprach, war Wirklichkeit. Er war kein Trugbild, an das sich Menschen in ihrer Not klammerten, nur um dann enttäuscht zu werden. Er war so real wie Ben selbst. Und das Unglaublichste daran war, dass er IHN liebte. Ihn, Ben, mit allen Fehlern und Vergehen, die er in seinem Leben bereits begangen hatte. Er liebte ihn so sehr, dass er seinen Sohn an das Kreuz geschickt hatte, um für seine Schuld zu bezahlen. Noch immer flossen ihm Tränen über das Gesicht im Angesicht dieser unvergleichlichen Liebe, die er mit nichts verdient hatte. Für ihn begann nun ein neues Leben. Er wollte ganz neu anfangen. Auch seinen nächsten Schritt kannte er ganz genau. Er hatte viel Zeit damit verbracht, in der Bibel zu lesen, um herauszufinden was Gott von ihm wollen würde. Wieder und wieder war er dabei auf etwas Bestimmtes gestoßen. Ein paar Tage hatte er gegrübelt, ob er sich schon bereit dafür fühlte, aber nun hatte er sich entschieden. Er würde sich taufen lassen – und zwar schon morgen. Er hoffte nur, dass das Wetter bis dahin ein wenig freundlicher gestimmt wäre und er sich nicht die Zehen abfrieren würde, wenn Michael ihn morgen direkt in der See taufen würde.

Als er Marie von seinem Entschluss erzählt hatte, hatte sie ihn angeschaut, als habe er ihr einen Stern vom Himmel geholt.

„Wirklich? Ist das dein Ernst?" wollte sie wissen.

„Und ob. Ich habe Jesus kennengelernt, ihm mein Leben gegeben und weiß jetzt, dass die Taufe der nächste Schritt ist. Mit Michael habe ich schon darüber gesprochen. Ich weiß also genau was ich tue und es ist mir mehr als ernst damit." Ihr glückliches Lachen erfüllte und wärmte ihn.

„Das ist das Beste, was du tun kannst." sagte sie und drückte ihm einen Kuss auf die Stirn. Nun saß er in seinem Haus, schlaflos vor Aufregung und Vorfreude und sehnte den neuen Tag herbei. Was sich in der kurzen Zeit doch alles verändert hatte. Zum ersten Mal seit Jahren hatte er nicht mehr das Gefühl, ein anderer, besserer Mann sein zu müssen, um Marie oder irgendein anderes Glück im Leben zu verdienen. Jetzt, da er wusste, dass er durch das Kreuz absolut unverdient gerettet wurde, ohne dass Gott dafür jemals eine Gegenleistung erwarten würde, aus purer Liebe. Die Dankbarkeit darüber trieb ihm wieder und wieder die Tränen ins Gesicht.

Heute konnte er endlich öffentlich zeigen, was ihm dieses Geschenk bedeutete. Er würde vor der Gemeinde und den üblichen Schaulustigen bekennen, dass er ab sofort zu Jesus gehörte. Er würde sein Leben nach seinen Maßstäben leben und nicht länger dem folgen, was die Gesellschaft als gut und wichtig darstellte.

***

Wenige Stunden später stieg direkt am Strand die größte spontane Party, die Ben je zuvor erlebt hatte. Es gab Musik, leckeres Essen, das einige Gemeindemitglieder mitgebracht hatten, Picknickdecken und fröhliche Ballspiele und fröhliche Gespräche. Die Kinder tollten in durch den Sand, bauten Sandburgen und hüpften fröhlich durch das Wasser. Ben lag auf seinem Handtuch und blickte glücklich in den Himmel. Er genoss das Stimmengewirr ebenso sehr wie die unerwartet warme Luft und den Sonnenschein. Das Leben konnte so schön sein. Er schloss die Augen und driftete in eine Art Dämmerschlaf ab, aus dem er kurz darauf dank eines Eimers aufschreckte, dessen eisiger Inhalt von kleinen Kinderhänden über seinen Bauch gegossen worden war. Die Schuldigen zu finden, fiel ihm trotz des abrupten Endes seiner Pause ziemlich leicht, da das Abklatschen zwischen Lotta und Marie einfach zu offensichtlich waren. Er brauchte nur eine Sekunde, um aufzuspringen. Die beiden rannten lauthals lachend und Hand in Hand von ihm weg in Richtung Wasser. Ben stürmte hinterher. Natürlich hatte er sie schnell eingeholt, doch gerade als er nach ihnen greifen wollte, ließen sie sich los und rannten in getrennte Richtungen davon. Nun musste er sich entscheiden, wem er folgen sollte. Er entschied sich für Marie. Wenn er Lotta richtig einschätzte, würde sie ihm kurz darauf folgen. Also setzte er zum Sprint an und holte Marie kurz darauf ein. Er fasste sie um die Hüfte, warf sie über seine Schulter und lief in Richtung des Wassers mit ihr.

„Nein! Ben hör auf. Lass mich sofort runter, hörst du?" Als er unbeirrt weiterlief, schwenkte ihr Tonfall zu einem vorsichtigen Bitten. „Ben, bitte, ich will nicht ins Wasser. Meine Hose…" Weiter kam sie nicht, da er sie von seiner Schulter hob, vor sich hinstellte und tief in ihre Augen schaute.

„Deine Hose trocknet ganz schnell wieder. Und das hättest du dir überlegen sollen, bevor ihr mich so unsanft aus dem Schlaf geweckt habt. Dafür bezahlt ihr jetzt." Er küsste sie auf den Mund und zog sie gleichzeitig mit sich ins Wasser hinunter. Das kalte Wasser umschloss sie beide bevor sie schnell auftauchten. Bevor Marie zu ihrem Handtuch laufen konnte, um sich abzutrocknen und aufzuwärmen, hielt Ben sie zurück. Mit einer Hand hielt er Marie's Hand fest und zog sie sanft an sich heran. Als sie dem nachgab, legte er seine freie Hand an ihren Hinterkopf. Sie war so wunderschön, dass ihm keine Worte einfielen, um sie zu beschreiben.

„Marie, ich liebe dich." – Seine Worte zauberten ein Lächeln in ihr Gesicht, das sein Herz schneller schlagen ließ. „Boah, ich weiß nicht wie ich das jetzt sagen soll, du bist das Beste, was mir jemals passiert ist."

„Ben, ich liebe dich auch." entgegnete sie. Ein weiterer sanfter Kuss folgte, in dessen Folge Ben ihr Gesicht in beide Hände nahm. Er atmete tief ein und aus, legte seine Stirn an ihre und versuchte, den Gefühlssturm in seinem Inneren unter Kontrolle zu bringen. Als er sich aufrichtete, strich er mit seinen Fingern über ihre Wange und genoss ihren Anblick. Schließlich ergaben die Worte in seinem Kopf auch für ihn einen Sinn. Bevor ihn der Mut wieder verließ, sprach er sie schnell aus.

„Heirate mich!" Überraschung zeichnete sich auf ihrem Gesicht ab. Nur gehaucht sagte sie:

„Was sagst du da?"

„Heirate mich, Marie! Ich liebe dich. Ich liebe dein Lachen. Ich liebe es, mit dir zusammen zu sein. Ich liebe deine Töchter und ich will keinen einzigen Tag mehr ohne euch leben. Und ich will unsere Beziehung öffentlich machen. Ich wünsche mir so sehr, dass du meine Frau bist. Ich möchte für dich und die Mädchen sorgen, für euch da sein und jeden Tag neben dir aufwachen." Röte zog über Marie's Gesicht. Eine Träne stahl sich aus ihrem Auge, aber das Lächeln verriet, dass es eher Freude als Trauer war.

„Meinst du das wirklich ernst?" wollte sie dennoch wissen.

„Na und ob, es gibt nichts was mir ernster sein könnte. Bitte, mach mir die Ehre und heirate mich." Sie begann zu zappeln.

„Ja." Er konnte sein Glück kaum fassen.

„Hast du „ja" gesagt?" Strahlend nickte sie ihn an.

„JA, Ben, ja, ich will dich heiraten." Ein Jubelschrei entrang sich seiner Kehle. Er hob sie wieder hoch und küsste sie. Schließlich eilten sie zu den Handtüchern, um sich abzutrocknen und wieder aufzuwärmen. Lily und Lotta saßen bereits auf der Decke. Vermutlich hatte eine Freundin von Marie die beiden warm eingepackt. Lily blickte von Ben zu Marie.

„Ben, ist jetzt der richtige Zeitpunkt?" fragte sie ihn dann. Er musste lachen.

„Ja, Süße, jetzt ist genau der richtige Zeitpunkt." Überglücklich sprang sie auf und kramte etwas aus ihrem Rucksack heraus, das sie ihm mit einer dicken Umarmung überreichte. Fragend hatte Marie das Ganze beobachtet. Lotta hielt inzwischen ebenfalls eine kleine Schachtel in der Hand und wartete ganz offensichtlich gespannt auf das, was kommen würde. Ben legte sein Handtuch beiseite. Er trat auf Marie zu und öffnete als erstes Lilys Päckchen.

„Was ist denn hier los?" fragte Marie. „Was macht ihr denn da?" Sie stand eingehüllt in ihr Handtuch vor ihm und zitterte. Schnell reichte er ihr seinen Pullover. Er lächelte sie an als er auf die Knie sank.

„Also, ich war jetzt etwas voreilig und habe den Plan dadurch vermutlich durcheinandergebracht. Deshalb frage ich dich jetzt noch einmal: Willst du mich heiraten?" Er öffnete das Päckchen und hielt es Marie hin. Darin befand sich ein schlichter, aber absolut bezaubernder Ring. Ihr fehlten die Worte. Staunend blickte sie zwischen dem Ring, Ben und ihren Töchtern hin und her.

„Na los, Mami, sag schon, willst du Ben heiraten?" fragte Lily. Ihr Gesicht war vor Aufregung rot angelaufen. Marie lachte.

„Ja, das will ich! Unbedingt!" Ben schob ihr den Ring auf den Finger. Lily und Lotta jubelten lautstark. Mittlerweile hatte natürlich auch der Rest der Gemeinde mitbekommen was hier im Gange war und freute sich lautstark mit. Ben war glücklich. Er nahm die kleine Schachtel entgegen, die Lotta ihm entgegenhielt. Feierlich öffnete er sie und entnahm ihr zwei kleine silberne Armbänder. Jedes enthielt ein kleines Plättchen, auf dem der Name seiner Besitzerin eingraviert war: Lily und Lotta. Unter großem Jubel legte er sie den beiden um und gab ihnen dann einen Schmatz auf die Wangen. Stolz präsentierten sie anschließend jedem ihren neuen Schatz. Marie konnte ihre Glückstränen nicht länger zurückhalten.

„Sie wussten davon? Du hast meinen Töchtern gesagt, dass du mich heiraten willst?" Ben wandte sich wieder ihr zu.

„Ja, das habe ich. Ich dachte mir, wenn sie die Idee ganz doof fänden, müsste ich mir etwas überlegen, um sie zu überzeugen. Aber sie waren begeistert. Lily wollte wissen, ob ich sie denn dann auch heiraten würde oder ob ich nur dich lieben würde. Ich habe versucht ihr klarzumachen, dass ich sie ebenfalls von ganzem Herzen liebe, aber nur eine Frau heiraten könne." Bei der Erinnerung an dieses überaus ernsthaft geführte Gespräch stieg ein Glucksen in ihm auf.

„Nun, wir haben uns so geeinigt, dass ich dich zur Frau nehmen darf, wenn ich die beiden als Töchter haben kann." Unsicher blickte er sie an. „Ich hoffe, das ist dir recht, denn ich liebe sie wirklich so als wären sie meine eigenen. Ich weiß, dass Carlos immer ihr Vater sein wird und ich will, dass du ihnen ganz viel von ihm erzählst. Aber meinst du, ich könnte vielleicht so eine Art zweiter Vater sein? Ich bin sicher nicht perfekt darin, aber ich habe mittlerweile so einige Erfahrungen machen dürfen und deine Töchter sind einfach wunderbar." Er konnte gerade noch Luft holen bevor Marie ihm die Arme um den Hals schlang und ihn ausgiebig küsste.

„Ja, das darfst du. Eigentlich bist du schon sehr lange ihr Papa. Und ich kann es gar nicht glauben, dass ihr das ohne mich besprochen habt. Zählt meine Meinung gar nicht?" erkundigte sie sich scherzhaft bei ihm. Lily und Lotta klemmten sich links und rechts neben sie. Er hob sie mühelos auf seine Arme, so dass sie zu viert eng nebeneinander stehen konnten.

„Weißt du Mama, wenn du Ben nicht heiratest, dann mach ich das. Dann bekomme ich den Ring und du das Armband." meinte Lotta.

„Oh nein, meine Liebe, das machen wir nicht. Ich heirate ihn und du bekommst ihn dafür als Papa." Die Mädchen kreischten begeistert auf und umschlangen sowohl Ben als auch Marie mit ihren Armen.

***

An einem wunderschönen sonnigen Augusttag war es endlich soweit. Ben stand in seinem neuen Anzug in der Gemeinde, neben ihm der Pastor und zählte die Sekunden. Heute war der Tag, an dem er Marie zu seiner Frau nehmen würde. Endlich hatten all die Jahre des Hoffens, Wartens und Sehnens ein Ende. Ab heute Abend wären sie endlich eine normale Familie – er, Marie und die beiden wunderbarsten Kinder der Welt. Sie würden wieder in einem – nämlich seinem, nein ihrem – Haus leben und jede Minute des Tages miteinander teilen können. Bevor sie sich jedoch dem Alltag stellen würden, der eine große Veränderung mit sich bringen würde, da Lily in drei Wochen ein echtes Schulkind sein würde, stünden noch zwei Wochen Flitterwochen auf dem Plan. Sie hatten geplant, hier zu bleiben, aber sein Büro bliebe geschlossen. Stattdessen wollten sie so oft wie möglich am Strand sitzen, lachen, spielen und die freie Zeit voll auszukosten.

***

Nun jedoch konnte es nicht mehr lange dauern bis Marie endlich den Gang entlang auf ihn zuschreiten und er ihr seine Liebe vor der ganzen versammelten Gästeschar gestehen würde. Als die Musik einsetzte und die Braut am Arm ihres Bruders auf ihn zukam, konnte er sein Glück kaum fassen. Tränen des Glücks quollen aus seinen Augen. Sie war unbeschreiblich schön – fast wie eine Prinzessin. Die beiden Blumenmädchen lachten und kicherten ebenfalls vor Vergnügen. Ihre funkelnden Kleidchen machten ihren Traum eines Prinzessinnenkleides wahr und beim Gedanken an die unzähligen Diskussionen über das passende Outfit grinste Ben. Lily lief in ehrfürchtigem Schweigen aber unübersehbar stolz auf ihn zu während ihre

Schwester auf und ab hüpfte und dabei bereits eine erstaunliche Anzahl an Blümchen verlor. Kaum waren sie bei ihm angelangt, nahm er sie auf den Arm und küsste sie auf die Wange. Dann hatte Marie ihn erreicht. Lukas überreichte ihm ihre Hand und schlug ihn auf die Schulter. Doch Ben hatte nur Augen für seine Braut. Sie strahlte über das ganze Gesicht, gerade so als könnte sie es ebenso wenig erwarten, endlich ihr Ja-Wort zu geben wie er. Ihre Augen funkelten wie tausend Sterne. Er liebte sie so sehr. Niemals hätte er sich träumen lassen, dass es solch tiefgehende Gefühle überhaupt geben könnte. Der erste Kuss nachdem sie beide ihre Gelübde gesprochen hatten, war sanft und voller Versprechen für die Zukunft. Sie umarmten einander überglücklich bevor sie Arm in Arm zu ihrer eigenen Hochzeitsfeier liefen. Es war ein absolut perfekter Tag, der durch nichts in der Welt hätte verbessert werden können. Und nun lag es vor ihnen: das gemeinsame Leben mit der Frau seines Herzens und zwei tollen Töchtern. Erst am heutigen Morgen hatte Ben folgenden Vers in der Bibel gelesen:

„Mein Plan mit euch steht fest"
Jeremia 29,11

Leise lachend schmiegte er seine Frau auf der Tanzfläche enger an sich. Es stimmte schon, Gottes Plan war genial. Sein Timing hätte nicht besser sein können. Dafür war er ihm unendlich dankbar.

© 2020 by Jana Badstübner

Die Bibelzitate wurden, sofern nicht anders angegeben, den folgenden Bibelübersetzungen entnommen:

- Gute Nachricht Bibel, revidierte Fassung, durchgesehene Ausgabe, © 2000 Deutsche Bibelgesellschaft, Stuttgart.

Titelbild: www.pixabay.com

Autorenbild: Andreas Badstübner

1.Auflage 2020

978-3-7497-7310-7 (Paperback)

978-3-7497-7311-4 (Hardcover)

978-3-7497-7312-1 (e-Book)

Umschlaggestaltung: Andreas Badstübner

Satz: Andreas Badstübner

Verlag & Druck: tredition GmbH, Halenreie 40-44, 22359 Hamburg

Zeitfracht Medien GmbH
Ferdinand-Jühlke-Straße 7
99095 Erfurt, Deutschland
produktsicherheit@kolibri360.de